ニワトリは一度だけ飛べる

重松　清

朝日文庫

本書は「週刊朝日」二〇〇二年九月十三日号から二〇〇三年三月七日号に連載された「ニワトリは一度だけ飛べる」を加筆修正したものです。

この物語は、平成の半ば頃、とある冷凍食品会社で起きた内部告発事件をめぐる、
ささやかなゲリラ戦の記録である——。

筆者はこの物語を事件の直後、二〇〇二年から翌年にかけて、いったん週刊誌連載で発表したものの、諸般の「事情」があって（小説と銘打ち、戦記というよりむしろ寓話に仕立てあげたつもりでも、やはり少なからぬ関係筋を刺激することになってしまったのだ）、単行本化は見送った。

しかし、平成が終わろうとする頃になって状況が大きく変わった。事件に深く関わり、有形無形さまざまな「事情」を押しつけて単行本化を拒んできた関係筋の中で、最も強硬な姿勢だった人物が亡くなったのである。

幸いにして御遺族や関係各位の御理解と御厚意を賜り（深謝したい）、ここに十数年越しの再びの御目見得が叶ったことになる。

文庫という、手軽で身軽な、まさしくゲリラにふさわしい一冊に収められた、二十一世紀が始まって間もない頃の物語を、平成最後の年に（そしてもちろん、それ以降も）愉しんでいただければ、と願っている。

……という嘘を、一度ついてみたかった。
ニワトリが一度だけ飛べるように、である。
ごめんなさい。
では、お話の始まりです——。

ニワトリは一度だけ飛べる

第一章

1

元気の出ることを考えたかった。なんでもいいから思いだせ、と自分に命じた。「勇気」などと贅沢は言わない、叱られてしょげ返っていた子どもがケロッとした顔でまた遊びだす、そんな「元気」が欲しい。

通勤快速電車は多摩川の鉄橋を渡った。横揺れが激しくなる。酒井《さかい》裕介《ゆうすけ》は吊革を強く握り直し、床に足を踏ん張って、息を詰めた。

元気の出る話――なにかないか？

考えを巡らせても、とっさには出てこない。

ゆうべのナイターでは、ひいきの横浜ベイスターズがひさしぶりに三連戦の勝ち越しを決めた。だが、それがどうした。ベイスターズはベイスターズで、俺は俺で、シーズン開幕から最下位に居座りつづけるベイスターズは、明日から十連勝をしてもまだ勝率五割に届かない。

元気、元気、元気、元気……。

そういえば、と思いだす。昔、『がんばれ元気』というボクシング漫画があった。中学生か高校生の頃だった。こまかい話の筋は忘れてしまったが、主人公の元気クンがロードワークをするときの「ホッ、ホッ、ホッ」という息づかいは妙にくっきりと覚えている。

帰りに漫画喫茶に寄って読み返してみようか。ふと思い、しばらくはその気になっていた。安くて居心地のいい漫画喫茶は何軒も知っている。『がんばれ元気』は確かかなりの長編だったはずだ。それでも、三日も通えば読破できるだろう。二日でもなんとかなるかもしれない。いや、いっそ一日で全巻読破。なにしろ、時間だけはたっぷりあるのだから。

だが、停車駅に近づいた電車がスピードをゆるめる頃、裕介は、やっぱりやめとこう、とため息をついた。

千円あれば半日過ごせる漫画喫茶の、その千円が、惜しい。小遣いを倹約するとかしないとかのレベルではなく、現実問題として、千円の余裕すら持てない生活になってしまうかもしれないのだ、これからは。

電車が駅に停まる。ホームの客がどっと乗り込んでくる。裕介は吊革を一つ奥のものにずらし、肩を少しすぼめた。

元気、元気、元気、元気……カネのかからない元気……。

声に出さずにつぶやいて、走りだした電車の窓から外を眺める。ちょうど切り通しにさしかかったところだった。線路脇に花壇が設《しつら》えられている。春はパンジー、初夏はアジサイ、夏はヒマワリ、秋はコスモス。ヒマワリの花がだいぶ枯れてきたなと思ったのは、ついこのまえだったのに、もうコスモスがちらほらと咲いている。

いまは九月。コスモスの花が盛りになり、やがて散り落ちて、枯れ草だけになった切り通しの風景がうら寂しくなる頃、俺はどこでなにをしているのだろう。

わからない。

再び春がめぐってパンジーの花が咲き誇る頃、俺は新宿着八時二十分のこの電車に乗っているだろうか。路線の終点近くのニュータウンに、我が家はまだあるだろうか。

なにもわからない。

いまは、まだ——？

いまは、もう——？

どちらの言い方を選べばいいのかさえ、わからない。

「考える時間は二日間あるんだから」

統括営業本部長に言われたのは、先週の金曜日——異動の内示が出されたその日の午後だった。

廊下での立ち話だった。本部長の鎌田《かまた》は、いったん知らん顔ですれ違ってから裕介を振り向いて、「ああ、酒井くん、ちょっといいかな」と呼び止めた。要するに「ついで」を強調したのだ。

鎌田とは、そういう男だ。

「週明けからイノベーション・ルームらしいね、あなた」

さも噂話を小耳に挟んだように鎌田は言った。「らしい」の一言に裕介はムッとして、鎌田の足元に目を落とす。

「まあ、いろいろ言いたいことはあるかもしれないけど、組織だからねえ、組織」

おまえだろう、おまえ。声に出さずに言い返した。

「酒井くん、いくつだっけ」

「……三十九です」

「いやぁ、いいですねえ、改革世代じゃないの、うん、どんぴしゃり。上原《うえはら》の投げるど真ん中直球ストライクって感じだなあ」

鎌田は筋金入りのジャイアンツファンである。好きなチームが強くなる日を夢見るのではなく、強いチームを応援することが楽しいと考える男だ。

どうせたとえるならベイスターズの選手にしてくれ、と裕介は思ったが、こんな場面でそういうことしか思い浮かばない自分が、あとで情けなくなった。

「まあ、今度の部署は利益を追う仕事じゃないけど、逆に言えば目先の結果は問われないわけだから。ノルマだの前年比だの、そんな小さなことに目を奪われずに、十年後、二十年後の三杉《みすぎ》産業とあなた自身を見据えて、どーんと会社に衝撃を与えるような改革案を探ってみてよ、うん」

一息に言って、「あなた自身のこともね、この週末にでも、奥さんやお子さんともよく相談して、じっくり考えてごらんなさいよ。改革ですよ、改革。会社も自分も、改革、かいかくーっ」と付け加える。

鎌田は立ち去る間際にも、念を押すように「週末によく考えて」と言った。「二日間あるんだから」

裕介は黙ってうなずいた。鎌田の足元に落とした視線は、結局最後まで動かなかった。

よく磨き込まれたウイングチップの革靴の甲の飾り模様をぼんやりと目でなぞりながら、会社を辞めていった上司や同僚の数をかぞえてみた。この半年――年俸二千万円とも三千万円とも噂される待遇で鎌田が三杉産業にやってきてからの半年で、管理職だけで八人辞めた。本音の言い方をするなら、辞めさせられた。間をとって、辞めざるをえないまでに追い込まれた、でもいい。

「鎌田」の「カマ」は、首切りの鎌――でもあるのだ。


週末の二日間、裕介はふだんどおりに過ごした。

土曜日は朝寝をして、ごろごろとテレビを観て、部屋の掃除をする妻の麻美《あさみ》に邪魔にされて、次男の俊樹《としき》を連れてドライブがてらコイン洗車場に行って二人で車を洗い、帰宅するとテレビを観て、ビールを飲んで、風呂に入って、早めに就寝――以上。

日曜日は、野球部の試合があるという長男の卓也《たくや》を朝食前に車で駅まで送っていってやり、帰宅して朝食をすませると俊樹に付き合ってテレビゲームを少しだけやって、午後からは麻美と俊樹と三人でショッピングセンターに出かけ、帰りにファミリーレストランに寄って遅めの昼食、さらにユニクロにも寄って秋用の普段着を揃え、試合帰りの卓也を駅まで迎えに行って、家に帰ると、あとはテレビ、ビール、風呂、ウイスキー、就寝――以上。

人事異動のことは話さなかった。

「奥さんやお子さんともよく相談して」――鎌田の言葉を思いだすと、腹が立ってしかたない。

相談もへったくれもないだろ、と言ってやればよかった。

麻美は専業主婦、卓也は中学二年生、俊樹は小学五年生。ついでに、自宅のマンションのローンは残り二十年。考えるまでもない。悩む余地など最初からない。どんなに理不尽な異動でも、そして会社が自分を辞めさせようとしているのがわかっていても、ここにしがみつく以外の選択肢は、はなから与えられていないのだ。

だからこそ、家族の前では、とにかくふだんどおりの「ごろ寝とビールの大好きなお父さん」でいたかった。会社でなにがあろうと、よけいなことを我が家に持ち込みたくはなかった。家族に心配をかけたくないとかどうとかの問題ではなく、それがせめてもの男の意地というやつではないか。

俺は辞めない、なにがあっても失業者にはならない、と自分に何度も言い聞かせた。ファミリーレストランで注文に迷っていた俊樹に、「これにしろよ」と、メニューの中でいっとう高いテンダーロインステーキを指差してやった。「いいのぉ?」と声をはずませる俊樹に、「スープとサラダも付けていいからな」と笑って応えてやった。

将来への不安? 冗談ではない。辞表を出す可能性など万に一つもないのだし、こちらが「辞めます」と言わないかぎり給料はきちんと振り込まれるのだし、このご時世、給料さえ確保できれば仕事の内容をどうこう言うなんて贅沢な話だ……。

テンダーロインステーキにスープとサラダ、ライスを注文した俊樹は、食後のシャーベットもちゃっかり追加した。麻美も「だったらわたしも、ひさしぶりにステーキにしようかな」と、俊樹と同じオーダーにした。

裕介は——「俺、あんまり腹が減ってないから、コーヒーだけでいいや」と言って、メニューを閉じた。

「べつにケチってるわけじゃないぞ」

よけいな一言も付け加えて、麻美と俊樹を笑わせた。

玄関ロビーの掲示板の前には、十人近い社員が集まっていた。辞令が貼られている。

ああ、これで会社中の噂と同情の的になっちゃうんだな、と裕介はため息をついて、そそくさとエレベータに向かう。

「酒井さん」

呼び止められた。聞き覚えのある声——同じ営業二課の島本《しまもと》だった。

あまり話したくない。話せば愚痴や泣き言になってしまう。だが、無視して歩きつづけるのもおとなげないし、その態度がまた新たな噂話のネタになってしまうのも嫌だ。

しかたなく振り向くと、島本は小走りになって裕介に追いつき、「知りませんでしたよ」と困惑顔で言った。「内示、先週のうちにあったんですか？」

「ああ、金曜日の朝イチで人事部長に呼ばれたんだ」

「人事部っていうか、黒幕は鎌田でしょ？」

「まあな……」

「なんなんですか、あのバカ、ほんと、むかつくなあ。はっきり言って、あいつが来てから、もう会社めちゃくちゃじゃないですか」

俺に言うなよ、俺に。

心の中で吐き捨てて、「俺の仕事の引き継ぎは次長が仕切るみたいだから」と事務的に言った。

「マジっすかあ? 次長なんて、なんにも現場わかってないじゃないですか。ひっでえなあ、営業の仕事ってものをなめてるんですよねえ」

だから俺に言うなって、ほんとに。

「いや、でもねえ……」

島本は表情をあらためて、あたりをうかがいながら、「なんで酒井さんだったんですか」と小声で訊いた。

裕介は「知らないよ」と苦笑した。嘘をついた。人事異動の話は、百パーセントの青天の霹靂《へきれき》というわけではなかった。思い当たる節はある。だが、まだ二十代の、独身の島本にそれを話しても、しかたのないことだ。

「『イノ部屋』行き、何人だった?」

島本に訊いた。「イノ部屋」――イノベーション・ルームのことを、社員はそう呼んでいる。最初は「ガス室」という呼び名もあったが、ほどなく消えた。あまりにもふさわしすぎて洒落《しゃれ》にすらならなかったから、だ。

島本は指を三本立てた。

「酒井さんと、商品開発の羽村《はむら》さんと、大阪から中川《なかがわ》さん」

「羽村も？」

「ええ……まあ、鎌田的には狙いどころですよね、羽村さんは」

羽村史夫《ふみお》は、裕介と同期入社だった。三十七歳で商品開発部の部次長に抜擢《ばってき》された、同期の出世頭。「未来の三杉産業を背負《しょ》って立つ男」と目されていた——一年前に起きた経営陣の内紛で、社長が会社を追われるまでは。

「羽村もやられちゃったか。あいつはうまく立ち回ると思ってたんだけどな」

「いやあ、でも、鎌田としては逆に羽村さんの切れ者ぶりが目障りだったんじゃないですかね。会社全体で考えると、ほんと、痛手なんですけどねえ」

その言葉をなぜ俺に言えない。

気の利かない奴だ。

それでも、羽村が一緒なら心強いな……と思いかけて、遠足に行くんじゃないっての、と自分を笑った。

「羽村さん、きっとソッコーで辞めちゃうでしょうね。あのひとなら、どうせすぐに引き抜きの話も来ると思うし」

だから、どうしてそういう言葉を俺には言えないんだ。

いちいちツッコミを入れるのにも疲れた。精神的にキツくなると、不思議とギャグのネタが次々に浮かぶ。それも、自虐的なものばかり。一種の現実逃避かもしれない。

島本と二人でエレベータに乗り込んだ。営業部のフロアは三階。島本は階数ボタンの〈3〉を押した。裕介はつい、いつもの感覚でそのままエレベータの箱の奥に進んでしまった。「あれ？　酒井さん、営業に寄られますか？」と訊かれ、ああそうか、と気づく。

「……七階、押しといてくれ」

三杉産業東京本社のビルは、最上階の七階をテナント貸ししている。「イノ部屋」は、ビルのメンテナンス事務所の隣だった。

島本は三階で降りた。ドアが開いている間、裕介はずっとうつむいていた。ドアが閉まる。一人きりになると、悔しさと寂しさと怒りと不安が入り交じったため息が漏れた。

2

ドアを開けてイノ部屋に足を踏み入れると、正面の席に羽村が座っていた。イノ部屋に入ってくる者を待ち受ける――というより、迎え撃つような位置だ。

「よお、酒井」と羽村は右手を軽く挙げて、笑う。「ひさしぶり」

思いのほか、さばさばとした口調だった。笑顔にも翳《かげ》りはない。

その明るさに裕介は一瞬戸惑い、再就職先がすぐに決まる自信があるんだろうな、とも思って、うまく笑い返せなかった。

部屋には、もう一人いた。

イノ部屋の室長――定年間近の江崎三郎《えざきさぶろう》が、今日から直属の上司になる。

江崎は読んでいた文庫本から目を上げると、戸口にたたずんだままの裕介に、「席はどこでもいいですから」と言った。羽村とは逆に、感情のこもっていないひらべったい声だった。

裕介は小さく会釈して応え、部屋を見渡した。

がらんとした部屋だ。書類棚やコピー機やファクシミリはひととおり揃っているが、棚は空っぽで、OA機器もリース期間をとっくに終えたような古い機種ばかりだった。

部屋の真ん中で「島」になったデスクが、全部で九つ。四つずつ向き合った端を江崎室長の席が押さえる形になっている。裕介が選んだのは、ドアに背を向ける側の、室長からいちばん遠い席――営業部では派遣社員が座る席だった。

「なんだよ、こっちに来いよ」

羽村が不服そうに言った。

「いいよ、ここで」

裕介が苦笑して席につくと、「そんな下座にいてどうするんだよ、俺のトイメンに来いって」と自分の向かいの席を指差した。「しょぼい席にいると、気分までしょぼくなっちゃうぞ」

じゃあ、おまえも一つずれろよ。

心の中で言い返した。

羽村が陣取っているのは、江崎の席から一つおいた席だ。

そういうところが、おまえも意外と……とつづけかけて、ああ、そうだよな、と気づく。

先週までの羽村は、いまの江崎よりも上座にいた。部長と並んで、商品開発部に三つある「島」をまとめて眺める席だ。確かデスクは両袖で、椅子には肘掛けも付いていたはずだ。

部次長職を解かれて、一気に平社員に格下げ――ひどい話だ、ほんとうに。係長からヒラに下げられた自分より、羽村が受けたショックのほうがはるかに大きいだろう。

逆に言えば、羽村に比べれば、まだ自分のほうがまし……そんな発想って嫌だな、と思った。

「席はどこでもいいですから」

ずいぶん間の抜けたタイミングで、江崎がさっきの言葉を繰り返した。あいかわらず声に感情はなく、目はもう文庫本に戻っている。書店のカバーが掛かっているので題名はわからないが、分厚い本だ。

「どうせすぐにいなくなっちゃうんだから、って？」と羽村は言った。おどけた声だったが、顔は笑っていない。

江崎も苦笑いすら返さずに、黙って文庫本のページをめくった。

「江崎さん」羽村はつづける。「この部屋、俺たちで何期目になるんですか？」

返事はない。

「ねえ、室長さん、聞こえてます？」

羽村の声に挑むようなトゲが交じる。昔からそうだった。仕事ができるぶん、せっかちで、すぐに高飛車な態度に出てしまうところがある。たとえ上司でも、いや、トロい上司に対してはなおさら、周囲がはらはらするような態度をわざととるタイプだ。

そして江崎は、明らかに、誰が見ても、トロい。鎌田が会社に乗り込んでくる前は、埼玉県のはずれにある倉庫勤務だった。小柄で貧相な顔立ちの外見にふさわしく、仕事も、ほんとうに、嫌になるほどできなかった。商品の発送ミスが起きると、その原因には決まって江崎がからんでいた。「江崎が」「アホの江崎が」「江崎のタコが」「クソ江崎のせいで」……営業部の若手はしょっちゅう憎々しげに吐き捨てて、ふだんは抗議やクレームをつけるのが苦手な裕介でさえ、電話口で「なにやってるんですか！」と怒鳴りつけたことが何度かあった。

「訊いたことぐらい答えてくださいよ。あんた、俺らの上司なんだから」

トゲを露骨に覗《のぞ》かせて、羽村は言う。

だが、江崎は文庫本に読みふけったまま、なんの反応も見せない。

意外な態度だった。裕介は困惑して、江崎と羽村を交互に見た。裕介の知っている江崎は、クレームをつけられると恐縮しきって「すみません、すみません」を連発し、すぐにまた同じミスを繰り返す男だったのだ。

そして、裕介の知っている羽村は、こういうときには必ず——。

「答えろって言ってんじゃんよ！」

デスクを叩き、声を裏返らせて怒鳴った。

ビンゴ。まったく短気な男なのだ。怒るとガラの悪い高校生のような言い方になるのも、若い頃から変わらない。

江崎は、ハッとして顔を上げた。

「……どうしました？」

きょとんとしていた。「すみません、ちょっと本に夢中になってて、聞こえなかったんで」と二十歳近く年下の羽村と裕介に敬語をつかって、ぺこりと頭を下げる。

あんな近い距離で？

こんな静かな部屋で？

だが、江崎は悪びれた様子もごまかすようなそぶりもなく、「それで、なにか質問でもあったんですか？」と二人に訊いた。

出端《でばな》をくじかれた羽村のほうが、決まり悪そうにうつむいてしまう。「イノ部屋に異動になったのって、俺たちで何期目なんですか、って訊いたんですよ」――声の調子も、すとん、と落ちた。

「何期ってことはないでしょう」江崎は笑って答えた。「べつに総入れ替えしてるわけじゃないんだし」

「でも、結果はそうじゃないですか。部屋から全員いなくなったら、また新しいのを送り込む。ずっと、そうやってるんでしょ」

「結果論としては、まあ、そうですね」

「で、江崎さんは、それをずーっと見てる」

「ええ、まあ……」

「どんな気分なんですか」――声が、また強くなった。

「どんな気分って……べつに、特には……」

「刑務所の看守みたいなものでしょ」

身も蓋もないことを、ずばりと言う。この性格で無用の敵を何人もつくってきたんだろうな、と裕介は思う。

江崎はピンと来なかったのか、それとも裕介の予想以上に話を受け流す術《すべ》に長《た》けているのか、小首をかしげて苦笑するだけだった。

仏頂面になった羽村も、それ以上は言葉をつづけられず、気を取り直すように裕介を振り向いて言った。

「酒井、いいか、とにかく愚痴はNGだからな。言いたいことはあると思うけど、そんなこと言いだすと暗くなるだけだし、俺ら、まだ人生が終わったわけじゃないんだし。なっ？」

俺まだ一言もしゃべってないじゃないかよ、と言い返したいのをこらえて、黙ってうなずいた。

　まだ始業前なのに、ぐったりと疲れてしまった。江崎に羽村。疲れる組み合わせだ。鎌田がイノ部屋行きのメンバーを決めるときには、お互いの相性の悪さも材料になる――という噂は、どうやら正しかったようだ。

　イノ部屋の同期は、もう一人いる。

「なあ、羽村」

「うん？」

「大阪支社の中川さんって知ってるか？」

「『さん』なんて要らないだろ、あいつ、俺たちより若いぜ。まだ三十二、三じゃないかな。ひょっとしたら二十代かもしれない」

「会ったことあるのか」

「いや、ウチの若いのが電話で話したことがあるだけで、俺は直接しゃべってないけど、けっこうアクのある奴らしいな」

「……どんなふうに」

「よくわかんないけど、広島だか岡山だかの出身で、入社してからずっと大阪だったらしい。田舎者だから、なにかと図々しいところがあるんじゃないか？」

　羽村は冷ややかに笑った。

裕介は「なるほどね」とだけ返し、話をそれで終えた。

同期といっても、羽村と個人的に話をする機会は、いままでほとんどなかった。出世コースのど真ん中を歩んでいた羽村と、なにをやらせても「そこそこ」の裕介——そんな立場の違いに加えて、やっぱり相性が悪いのを無意識のうちに察していたのかもしれないなと、いま、あらためて思う。

訊かれなければ話さないことだが、裕介は岡山県の出身だった。ふるさとは、鳥取県との県境に近い人口八千人の農村。これは訊かれても、まず、話さない。大学進学を機に上京し、そのまま東京で就職して、結婚して、郊外のマンションを買った。都内の目黒区に実家のある羽村から見れば、裕介も間違いなく「田舎者」なのだ。

中川が岡山の出身なら、とりあえず同郷ってことになるんだな。今日からの毎日にささやかな楽しみを見つけたような気がした。ほんとうにささやかすぎて、われながら情けなくなってくるのだが。

「四期目ですねえ、皆さんは」

江崎が、文庫本を読みながら、ぽつりと言った。さっきの羽村の問いに答えたのだろう。つくづく間の抜けた受け答えに、羽村も、はいはいそうですか、と面倒くさそうにうなずいて、それ以上は話を進めなかった。

裕介もうんざりしながら、それでも頭の中で計算した。イノ部屋が開設されて半年で、四期目がスタート。ということは、平均二カ月で部屋の面子《メンツ》がすっかり入れ替わる、要するに、この部屋に送り込まれた社員は皆、二カ月以内に辞表を出している、というわけだ。

俺は違うぞ、と心の中でつぶやいた。

なにがあっても辞めないぞ、と誓った。

会社に残って、どうする——？

底意地の悪い問いかけの声には、とりあえず聞こえないふりをしておこう、と決めた。

始業の午前九時になっても、中川は姿を見せなかった。

「おいおい」羽村があきれ顔で笑う。「イノ部屋に入る前に辞めちゃったんじゃないのか？」

裕介も「かもな」と苦笑した。

その可能性は大いにありうる。なにしろ大阪から引っ越してこなければならないのだ。もしも家族がいたら、おそらく単身赴任という形になる。会社にそこまでの仕打ちをされたら、もしかしたら俺だって……。

そのとき——江崎室長が、また、文庫本に目を落としたまま言った。

「中川くんは、あさってからの出社ですよ。引っ越しもありますからねえ、昨日の今日っていうわけにもいきませんし」

羽村はムッとして、デスクを拳で軽く叩いた。

「ねえ、室長さん、さっき俺と酒井が中川の話をしてたの聞いてますよね。聞こえてたでしょ、こんな、がらーんとした静かな部屋なんだから」

「ええ、まあ……」

「だったら、そのときに、ふつう教えてくれません？　そーゆーことぐらい」

「いや、あの、特に必要ないと思いましたから」——文庫本を、一ページめくりながら。

「必要ないとかさあ、そーゆーのって、ちょっと違うでしょ。なんていうか、話の流れっていうか、そこ読んでくれてもいいんじゃないですか？　あんたもさ、管理職なんスから」

羽村はへらへら笑いながら言う。そうしないと腹立ちを抑えきれないのだろう。「管理職」のところは、声をこすりつけるような口調になっていた。

だが、江崎は平然と「そうですね」と答える。本から目を離さずに「すみません、これから気をつけます」と、申し訳なさの「も」の字も感じさせずにつづけた。

羽村は、またデスクを叩いた。今度は、電話機がガタンと揺れるほど強く。

「気をつけてくださいね」

江崎は言った。初めて声にぴしゃりとした強さが加わったが、つづく言葉は、淡々としたものに戻る。

「机も会社の備品ですから、壊されちゃうと困るんですよね」

羽村は、へヘッとぎごちなく笑った。頬が怒りでひくついている。

「そうですよね、さすが室長さん、鋭いこと言いますよねえ、まったく。会社の備品を使わせてもらってエラソーなこと言っちゃいけませんよねえ……」

しゃべりながらバッグからノートパソコンを取り出した。新発売されたばかりの最新型の機種だった。

「パソコンは自前のを使わせてもらいます。いいですよね、そんなの、どこの部署でもやってることだし」デスクに置いてあったデスクトップパソコンに顎《あご》をしゃくる。

「会社のお偉いさんにメールを覗かれたら、かなわないし」

「どうぞご自由に」と江崎は言った。それくらいの反発は織り込み済みだ、というふうに。

なるほどなあ、と裕介は自分の席のパソコンをぼんやり見つめた。営業部からは二年ほど前にすっかり姿を消した、CRTモニターの古い機種だ。さすがに社内のLANからはずされてはいないだろうが、確かに羽村の言うとおり、それは会社の監視下に置かれているということでもある。思わぬところをつかれて、懲戒に追い込まれてしまうリスクは大いにありそうだ。

羽村は「電気ぐらいは使わせてもらいますよ」と吐き捨てるように言って、電源プラグをコンセントに差し込み、「でも、電話は自前でいきますから」と、携帯電話やデータ通信カードを机上に置いた。

準備万端――というより、覚悟万端、なのだろう。

裕介は気《け》おされながら、やむなく会社のパソコンを起動させた。

メールが一通届いていた。

『ニワトリは一度だけ飛べる』という件名だった。

3

メールは社外から送信されていた。差出人のアドレスに心当たりはない。意味があるのかないのか、アルファベットと数字を適当に組み合わせただけのようにしか見えなかった。

『ニワトリは一度だけ飛べる』——件名も、さっぱりわけがわからない。

新手のスパム・メールだろうか、とは思った。万が一ウイルスが仕込まれていたらヤバいぞ、とも。

ふだんの裕介なら、得体の知れないメールは決してすぐには開かない。ウイルス情報のサイトをチェックして、まわりの同僚にも話を聞いて、ウイルスの恐れが半ば以上あれば、まず確実にそのまま捨てる。だいじょうぶそうだということになっても、データのバックアップをとったりアドレス帳を通信ソフトの外に出したりLANのケーブルをはずしたりという万全の準備をしておかないと開けない。

慎重——というより、やや臆病。

そんな裕介が、すうっと、なにかに引き寄せられるようにマウスをクリックしてしまった。ふうん『ニワトリは一度だけ飛べる』ねえ、わけわかんねえなあ、誰なんだよこいつまったく、と心の中でつぶやいているうちに指が勝手に動いていたのだった。

「あ、ヤバい……」

思わず声が漏れた。

「どうした？」と羽村が訊く。

江崎室長は黙って文庫本のページをめくる。

「ヤバいって、どうかしたのか？」

羽村は重ねて訊いてきた。

「……いや、ちょっと」

「ちょっと、って？」

「……悪い、なんでもない」

裕介はうわずった声で答えた。耳と口だけのやり取りだった。目はパソコンの画面を食い入るように見つめたまま動かない。

〈酒井裕介様〉

メールの一行目に、はっきりと名前が記されていた。

二行目からは、差出人の名前抜きで、すぐに本文に入る。

〈ほんとうか嘘かは知りません。たぶん嘘だと思います。でも、もしもほんとうだったとしたら、ちょっと素敵なお話です〉

そんな一文で始まる、長いメールだった。

〈三年前に亡くなったおじいちゃんから聞いた話です。

おじいちゃんの故郷は、山奥の小さな農村でした。農村とはいっても、平地がほとんどないのでお米は自分たちが食べるぶんしかつくれず、野菜も「特産」と呼べるようなものはありません。貧しい村です。ちょっとお金に余裕があるひとや、お金を儲けようという野心のあるひとは（そういうひとは、さっさと田舎から出ていけばいいんじゃないか、とわたし自身は思うのですが）、たいがい養鶏を始めたそうです。

養鶏といっても、いま流行《はや》りの放し飼いや地鶏といったような洒落たものではありません。ひたすら安く、効率よく、太った鶏を……という、要するにブロイラーですね。狭いケージに鶏を押し込んで、朝から晩まで、飼料、飼料、飼料、飼料……。

おじいちゃんの実家は養鶏場を営むほどの資金も野心もなかったのですが、村のあちこちにある養鶏場の光景は子ども心によほど印象深かったのでしょう、おとなになり、年寄りになってからも、しょっちゅう養鶏場の話をしていました。

たとえば、テレビで通勤の満員電車が映されると、「養鶏場みたいだ」と言います。巨大な団地が映っても、すぐに「養鶏場みたいだ」。パソコンがずらりと並んだオフィスも養鶏場で、子どもたちが通うスパルタ式の進学塾も養鶏場で、ついでに言えば（これは笑えました）、若い連中がたむろする繁華街は、「管理のよくない養鶏場」……。

おじいちゃんに言わせれば、すべてが養鶏場になってしまいます。わたしたちはみんな、そこに押し込められたニワトリというわけです。

失礼な言い方をしてすみません。おなじみの「働きバチ」や「ウサギ小屋」のたとえのほうが、まだましかもしれません。

でも、ニワトリは、一度だけ飛ぶことができます。

おじいちゃんが教えてくれました。

わたしは最初、全然信じていませんでした。ニワトリは空を飛ぶことはできない、というのは常識だから。

それでも、おじいちゃんは子どもの頃に見たのです。ニワトリが空を飛んでいくのを、確かに見た、と言い張るのです。

おじいちゃんが子どもの頃、近所にあった養鶏場が火事になったそうです。おじいちゃんは家族といっしょに消火のお手伝いに駆けつけたのですが、すでに火は大きく燃え広がって、手のつけられない状態でした。

おじいちゃんは呆然として、おじいちゃんは呆然として、たちのぼる炎を、ただぼんやり見つめるだけでした。

すると、炎の中から、ニワトリが何羽か飛び立ったのです。ふつうの鳥のように翼をばたばたさせて、太った体を懸命に宙に浮かせて、一声高らかに「コケコッコーッ」と鳴いて（これはさすがに嘘だと思いますが）……数メートル飛んだところで力尽きて地上に落ちて、みんな、そのまま死んでしまったそうです。

火が消えたあと、おじいちゃんは全焼した養鶏場に入りました。逃げ遅れた何百羽というニワトリが、こんがりと焼けていたそうです。焼き鳥のタレの焦げるいい香りがした、と余計な一言を付け加えたりするから、話に信憑性《しんぴょうせい》がなくなってしまうのですが。

ただ、焼け死んだニワトリのうち、何羽か、翼を広げて空を飛ぶ格好をしていたそうです。飛び立ってはみたものの養鶏場の外に出られずに死んでしまったのだろう、とおじいちゃんは言います。

それにしても、ニワトリはほんとうに飛べるものなのでしょうか？

百科事典や鳥類図鑑で調べると、ニワトリが飛べない鳥だというのは、もう、常識中の常識です。

でも、おじいちゃんは、養鶏場の火事のあと、村で一番の物知りのじいさまから聞いたそうです。

ニワトリは、飛べる。

ただし、翼の力はあまりにも弱く、そして体があまりにも太っているため、空を飛ぼうとすると心臓に負担がかかって、死んでしまう。

だからふだんは本能で、空を飛べるという能力や空を飛ぼうとする意志に鍵を掛けているのですが、絶体絶命のピンチに陥ったとき、その鍵がはずれてしまうニワトリが、ごくまれにいる、というのです。火事場の馬鹿力、のようなものです。

この話、信じますか?

信じてほしいなあ、と思います。

信じられるかどうかではなく、たいせつなことは、信じるかどうか、だと思います。

ちなみに、おじいちゃんはお酒に酔うとホラばかり吹きます。子どもの頃にツキノワグマと闘って勝ったというのがご自慢で、もっと子どもの頃には山に捨てられてオオカミに育てられていたそうです。おじいちゃんはそういうひとで、ニワトリの話をしたときには、ロレツがまわらないぐらい酔っぱらっていました。

でも、おじいちゃんはホラ話のあとに変な教訓をくっつけようとはしません。そこが好きでした〉

生ビールの中ジョッキがカウンターに置かれた。

裕介がつい、いつものようにジョッキを取って目の高さに掲げると、羽村は「乾杯なんてしてる場合じゃないだろ」と顔をしかめた。

「……そうだな」

おのれの甘さを思い知らされた気分でジョッキをカウンターに戻すと、今度はもっと不機嫌そうに「いったん持ったんだから、飲めよ、一口ぐらいは」と言われた。いちいち指図するなよ、と言い返したかったが、よけいなことを言って三倍返しの説教をくらうのも面白くないので、黙ってビールを啜《すす》った。

羽村には、その飲みっぷりも気に入らない。

「おまえさ、生ビールを養命酒みたいに飲んでどうするのよ。椎名誠読んでる？　東海林さだお読んでる？　ビールってのは、こう、気合で、ウグウグウグッてさ……」

言葉どおり、一息にジョッキの三分の一ほどを飲み干して、ぷふうっ、とげっぷをする。

裕介にはじゅうぶん気持ちよさそうな飲み方に思えたのに、羽村は口のまわりについた泡を手の甲で拭って、「だめだな……」とため息をついた。「元気なときだと、もっと景気良くげっぷが出るんだけどな」

「なんか、今日、疲れちゃったな」

裕介が言うと、やっと羽村も素直にうなずいて、「ああ、長かったよ、五時まで」

と枝豆をかじった。

イノ部屋の一日は、ほんとうに長かった。与えられた仕事は、会社の改革案のレポート作成――どんなに分厚いレポートを提出しても読んでもらえないことくらい、見当はつく。

それでも、江崎の許可なしに社外に出ると、たちまち怠業の口実を会社側に与えてしまうことになる。ほとんど軟禁状態と言ってもいい。

来客はない。電話も鳴らない。ファックスも来ない。ときどき思いだしたように入ってくるメールも、営業の仕事の引き継ぎにかんすることばかりで、内容を鎌田にチェックされることを警戒してか、文面はどれも通りいっぺんで、そっけなかった。裕介もきわめて事務的にメールを送り返した。監視の目を恐れていたのが半分、残り半分は、きっと強がりだったのだろう、と自分でも認める。

ビールを飲んだ。さっきに比べると、少し勢いをつけて。

羽村はカウンターに頬杖をついて、煙草をくわえた。イノ部屋は禁煙と決められていて、壁に〈NO SMOKING〉のステッカーも貼ってある。ヘビースモーカーの羽村にとっては拷問部屋のようなものだ。

もちろん、イノ部屋勤務とはいえ三杉産業の社員であることに変わりはないのだから、トイレのついでに開発部に顔を出して煙草を一服することはできるだろうし、応接ブースや社員食堂の喫煙ゾーンでも煙草は吸える。

だが、羽村は外で昼食をとったときに十本近く吸いだめしただけで、あとはずっと禁煙パイプをくわえ、貧乏揺すりをしながら、部屋に居座った。「いいチャンスだから禁煙がんばってみるかなあ」と、わざと声に出して、わははは、と笑っていた。羽村も強がっている。同僚と顔を合わせたくないのだろう。だから昼食時も社員食堂へは足を向けなかったのだろう。「わざわざエレベータに乗って煙草吸いに行くほどのものでもないしな」と付け加えるところが、よけい――本人は顔を真っ赤にして怒りだすだろうが、哀れを誘う。

「……外、まだ明るいんだよなあ」

羽村は開け放した戸口のほうを見て、ぽつりと言った。

九月の五時過ぎ――外は確かに、まだじゅうぶんに明るい。通りを行き交うサラリーマンも、会社帰りよりも、さあもう一仕事、という足取りのひとのほうが多い。七時を回ると満杯になるはずの居酒屋も、いまは、客は裕介と羽村だけだった。

「開発部の頃って、帰り遅かったんだろ？」と裕介は訊いた。

「ダッシュで終電にセーフって感じだよ、毎晩」

羽村は苦笑して答え、「タク券も鎌田が来てから廃止になっちゃったしな」と付け加えた。

「だよな……」

相槌《あいづち》を打ちながらも、胸の奥に微妙な苦みを感じた。次長職以上に配布されるタクシーチケットを、羽村は持っていたのだ。若手の部下に「帰り、これ使えよ」とチケットを渡して、べつに羽村が自腹を切るわけではないのだが、「どうもすみません、ありがとうございます」と部下に感謝されていたのだ。つまらない話だとはわかっていても、出世の差をいちばんリアルに感じるのは、そういうときだ。

「でも、おまえのところも似たようなもんだったんだろ」

「羽村がいた頃とはだいぶ違うけどな。それでも、まあ、定時に帰ってたら営業にならないし」

「たまには午前様もあるのか?」

「ないない、接待することじたい減っちゃったしな」

「そっか。昔は俺なんて、熱海からタクシーで帰ったこともあったんだけどなあ……古き良き時代ってことになっちゃったんだな……」

羽村が営業部の最前線で月間成績を次々に更新していったのは、十三、四年前——

バブルの時代だ。

業務用の冷凍食品の製造から卸までを手がける三杉産業は、ファミリーレストランなどの外食ビジネスの成長とともに躍進をつづけていた。半期ごとのボーナスに加えて、業績好調を称《たた》える一時金もしばしば支給され、接待費や交通費はほとんどノーチェックで遣い放題だった。

「営業の頃かあ……俺ら、二十五、六だったかな。若かったよなあ」

羽村は遠くを見つめるまなざしになって、「ほんと、若かったよなあ」と繰り返す。

あの頃、俺は羽村をどんなふうに見ていたのだろう――。

ふと思った。

一九八五年入社の同期の中で、羽村はずば抜けた存在だった。口八丁手八丁で、部長や重役クラスからも一目置かれていた。当時最も景気がよかった証券会社から引き抜きの話があった、という噂も流れたほどだ。

同じ営業部でも「その他大勢」の一人だった裕介は、部長から表彰を受ける羽村に拍手を送りながら、億の単位の金額をこともなげに電話で口にする後ろ姿に憧れながら、心の片隅で「いつか俺だって……」と思っていた。野望というほど大きなものではないし、ライバル意識と呼ぶには負けず嫌いの意地に欠ける性格だったが、それでも、自分の可能性をあの頃は信じられた。「いつか」が必ず訪れるんだと信じていられたのだ。

「日本酒にするか」とジョッキを干した羽村は言った。

裕介は小さくうなずいて、朝から気にかかっていたことを訊いてみた。

「今日、なんか変なメール来なかったか?」

羽村はきょとんとした顔で、「なにも」とかぶりを振った。「でも、それがどうかしたのか?」

「……いや、なんでもない」

ジョッキに残ったビールを飲み干した。『ニワトリは一度だけ飛べる』のメールに返事は出さなかった。だが、このまま削除するのもためらわれて、受信トレイに置いたままだ。

〈信じられるかどうかではなく、たいせつなことは、信じるかどうか、だと思います〉

その一言が、妙に心に残っていた。

4

「ただいま」と玄関で声をかけても、リビングやダイニングから麻美の「お帰りなさーい」が聞こえない夜が、月に二、三度ある。そんな夜の子どもたちの夕食は、たいがいコンビニの弁当か宅配ピザで、食卓に胃薬や頭痛薬が出しっぱなしになっていることも多い。

火曜日——イノ部屋勤務二日目の夜も、そうだった。

リビングでゲームをしていた卓也と俊樹に「お母さん、もう寝てるのか」と訊くと、予想どおりの答えが返ってきた。

「朝から横浜に行ってきたんだって」と俊樹がコントローラーのボタンを連打しながら答え、声変わりのさなかの卓也は咳払いを頭につけて「死ぬほど疲れた、って」と言う。

裕介はネクタイをほどきながら、そっとため息をついた。

「あとはなにか言ってたか？」

俊樹はテレビの画面から目を離さずに「べつにぃ」と答えただけだったが、卓也は裕介を振り向いて、「お父さんが帰ってきたら起こして、って」と言った。

リビングとひと続きになった和室に入り、背広を脱いで鴨居のハンガーに掛けた。もう一度、今度は無意識のうちにため息が漏れる。

横浜——家族の中では、それは「横浜のおじいちゃんとおばあちゃんの家」を意味する。麻美の実家だ。

麻美はときどき、一人で実家を訪ねる。そしていつも、こんなふうに、ぐったりと疲れて帰宅する。

服をスウェットの上下に着替えて、リビングに戻った。息子たちは、まだゲームをつづけている。中国武術の達人を主人公にした格闘ゲームだ。

二人の背後からテレビの画面に目をやると、ちょうどいま、勝負に決着がついたところだった。カタキ役の殺し屋になった卓也の勝ち。俊樹の悔しがり方と卓也の笑い方からすると、善玉のヒーローはこてんぱんにやられたようだ。

俊樹は「ソセー、ソセー、ソセー、ソセー……」と早口に繰り返しながら、コントローラーを操作する。闘いに負けて路上に横たわっていたヒーローが立ち上がる。

「ソセー」がようやく「蘇生」につながって、「トシ、おまえ難しい言葉を知ってるんだなあ」と裕介は感心する。

そういうところが甘いのよ、と麻美にはしょっちゅう言われる。ここがお父さんの叱りどころ、なのだという。ゲームは死んでもすぐに生き返るけど、現実はそうじゃないんだぞ、それを忘れるな……。理屈はよくわかる。父親が息子たちをたしなめるのにふさわしい、きわめてまっとうで正しい話だとも思う。それでも、そのテの正しいことを口にするのは苦手だ。想像するだけで恥ずかしくなってしまう。

卓也は余裕たっぷりに殺し屋の体力データをチェックしながら、俊樹に言った。

「五連敗だから罰ゲームな」

「えーっ、マジ？」

「負けたんだから文句言うなよ。よし、じゃあ、お父さんの話し相手はトシにけってーい、よろしくっ」

「うげえーっ」

中学二年生の卓也と、小学五年生の俊樹。素直に育ってくれたと思っても、ときどき、残酷なことを無邪気に言う。

ここもほんとうはお父さんの叱りどころ——なのだろう。

だが、裕介は苦笑するだけでなにも言わない。俺も親父に話しかけられるのがうっとうしかったもんなあ、と納得してしまう。そして、そういう話の流れなんだったらトシになにか話しかけてやらなきゃ盛り上がらないよなあ、と考える性格でもある。

テレビの画面の中では、また新たな闘いが始まった。

「晩飯はなに食ったんだ？」

ほら、おまえだよ、と卓也に足で小突かれて、俊樹がしかたなく答える。

「お兄ちゃんがコンビニで買ってきてくれた。お父さんのも冷蔵庫に入ってるよ……あ、ミスった、サイテー……ショウガ焼き弁当」

「お母さんは？ 食べたのか？」

「疲れたから、晩ごはんいらないって……あー、もうだめじゃん、ちょっとお父さん黙っててよ」

しょうがないなあと笑って、やっぱり我が家がいちばんだよな、とうなずいて……なごんでる場合じゃないだろっ、と自分を叱る。コントならメガホンか張り扇《せん》で頭をバシッ、の場面だ。

そういうふうになんでもシャレにするんじゃないよ、と頭をバシッ。

いや、だから、「頭をバシッ」がよけいなんだ……と、頭をバシッ。

なんてな。

テレビから足元に目を移すと、浮き立った気分はあっけなく消える。

子どもたちの盛り上がりに水を差さないよう、息だけの声で「まいっちゃうよなあ……」とつぶやいた。

自分でもわかっている。キツい現実を突きつけられたときは、つい心の中で無理やりはしゃいで、子どもじみた世界に逃げ込んでしまう。

もちろん、いつまでもそのままではいられない。

イノ部屋送りになったことは、家族にもいつかは話さなければならないのだし、その前に、早く寝室に行って、心身ともに疲れ果てて実家から帰ってきた麻美の話を聞かなければならない。

逃げて先送りにしたって、それが消えてなくなるわけじゃないんだぞ。ちゃんとわかっている。わかっているのだ、ほんとうに……。

リビングを出て、寝室のドアを開けた。ナイトスタンドの明かりをぎりぎりまで絞って、麻美はベッドにもぐり込んでいた。

「ただいま」

返事はなかったが、頭からつま先まで覆った掛け布団が、もぞもぞと動いた。

「眠かったら、いいぞ、このまま寝てて」

「……だいじょうぶ、起きるから」

くぐもった声だった。ふて寝ではなく、ほんとうに寝入っていたようだ。

裕介は自分のベッドの縁に腰かけて、薄暗い虚空をぼんやりと見つめながら、麻美が起き出してくるのを待った。

横浜の実家は、義父と義母の二人暮らしだった。半年前、義母が脳梗塞で倒れ、半身不随の後遺症が残ってしまった。ふだんは義父が一人で介護をしているが、麻美も暇を見つけては実家に顔を出して、家事や介護の手伝いをしている。

娘としては当然のことだ。なにも間違っていない。できるかぎりの親孝行をしてほしい、と裕介も思っている。「当然のこと」という謙遜《けんそん》を捨てて、「ウチのかみさんはよくがんばってるぞ」と胸を張ってもいい。

なのに、実家を訪ねるたびに、親子の関係がぎすぎすしてしまう、と麻美は嘆く。わたし、お父さんやお母さんとどんどん仲が悪くなっちゃう、と訴える。このままだと、わたし、お父さんやお母さんのことをしっかり看取《みと》ってあげる自信がない、と涙ぐんだのは、先月のことだった。

麻美は掛け布団から顔だけ出した。

「晩ごはん、ごめん、ちょっともう疲れちゃって」

「いいっていいって、俺はぜんぜんだいじょうぶだから」

それより――と裕介は話を先に進めた。

「お母さん、どうだった？」

「機嫌、最悪だった。八つ当たりと愚痴ばーっかり。ここのところ、ちょっと言葉も出づらくなってるみたいで、いらいらしてるんだよね」

「リハビリは？」

「先週は一日も行かなかった、って。がんばろうっていう気持ちがないんだもん、無理に連れてっても意味ないと思う」

「お父さんは？」

「あのひとも愚痴ばーっかり。こないだお風呂の空焚きしちゃって、火事になる寸前だったんだって」

「ほんとかよ、それ」

「……大げさに言ってるだけだってば。そういうこと、わざわざ娘に聞かせるんだもん、意地悪っていうか嫌みっていうか、信じられない」

元商社マンの義父は、義母が倒れるまで、なに一つ家事をしたことがなかった。

「女房が銃後の守りをしっかり固めるから、亭主は外で心おきなく仕事に打ち込めるんだ」——そんなことを真顔で言っていたひとが、七十歳を過ぎてから、家のことを一手に引き受けざるをえなくなった。

「こっちもね、お父さん大変だろうなと思うよ、ほんとに。でも、こんなに大変だったとかこんなに苦労してるとか、いちいち言わなくたっていいじゃない。言ってどうなるわけ？」

「まあ、でも……誰かに聞いてほしいんだよ、お父さんも」

「聞かされるほうの身になってよ。結局ねちねち遠回しに嫌みを言ってるだけなんだから」

麻美は、実家で過ごした半日間で胸にたまった不満や怒りを次から次へと吐き出していった。

やがて、その矛先は裕介と息子たちへも向けられる。

「まだゲームしてるの？　二人とも」

「ああ、けっこう楽しそうにやってるな」

「なにのんきなこと言ってんのよ。ふつう、お父さんが会社から帰ってきて子どもがゲームしてたら、すぐにやめさせない？　ほんと、甘やかしてるんだから」

「……悪い、ごめん」

「男の子って、やっぱりだめだよね。横浜で疲れきって帰ってきて、ぐちゃぐちゃの部屋に入るわけよ、こっちは。服を脱いだら脱ぎっぱなし、マンガを読んだら読みっぱなし、なんであんなだらしないかなあ、タクもトシも」

裕介は自分が叱られているように、しゅんとしてしまう。ネクタイをリビングに置いたままだったのを思いだしたせいだ。

「タクなんて中二よ？　十四歳だよ？　もうちょっとおとなになってくれないと、ほんと、わたし一人で苦労してる感じだもん。女の子で十四だったらねえ、もうお母さんと一緒にいろんなこと話せるの。話し相手になれるの。男の子って、信じられないほどガキだよね。聞いてよ、わたしが今日横浜に行ったことしゃべったら、タク、最初になんて言ったと思う？　『おじいちゃん、俺にお小遣いくれなかった？』だもん……もう、全身から力抜けちゃった……」

麻美はひとしきり愚痴をこぼすと、「お風呂は明日の朝入るから」と、また布団を頭からかぶって寝てしまった。

九時過ぎまでゲームをしていた卓也と俊樹も、十時には自分の部屋にひきあげた。

ふだんより三十分遅い。明日の朝には、きっと、麻美の「早く起きなさい！　学校遅れちゃうわよ！」という声が部屋に響き渡るだろう。

リビングに一人残った裕介は、テレビのニュース番組を見るともなく見ながら、ウイスキーの薄い水割りをちびちび啜った。

　麻美の愚痴に付き合うのは、確かに疲れる。

「言ってどうなるわけ？」「聞かされるほうの身になってよ」……そっくりそのまま麻美に返したくなる夜もある。

　それでも、今夜にかぎっては、麻美の愚痴に力づけられた気分だった。

　俺の決断はやっぱり間違ってなかったんだ、とあらためて思う。

　イノ部屋行きは、もちろん大きなショックではあったが、まったくの青天の霹靂というわけではなかった。三カ月前——六月に人事異動の話を断って以来、このままじゃすまないだろうな、という覚悟はいつも胸の片隅にあった。

　六月の異動を受け容《い》れていれば、いまごろは博多暮らしだった。九州支社の営業係長。肩書は横滑りなので栄転というわけではない。本社から支社へ、と考えると、どちらかといえば左遷に近い。

　だが、話を断ったのは、そんな理由からではなかった。

　家族のことを考えた。俊樹はともかく、中学生の卓也を転校させたくはなかった。

本人もどうせ「ぜーったいにやだ！」と言い張るだろう。麻美も横浜の両親を残して九州へは行けないはずだ。

単身赴任という選択肢はあった。会社も、単身用の２ＤＫのマンションを社宅として借り上げる用意はある、と言ってくれていた。

それでも、いまから多感な時期を迎える息子たちのためには、父親がそばにいてやったほうがいいだろう、と思った。麻美の横浜通いがあと何年つづくのかはわからないが、こんな大変な時期に夫が東京から遠く離れてしまうのはまずいだろう、とも考えた。

要するに、仕事よりも家族のほうを優先したわけだ。

鎌田がそういう考え方を嫌っていることは、わかる。社員を将棋の駒のようにしか考えていない鎌田が、駒ふぜいに――それも「歩」か、せいぜい「香」クラスの駒に人事異動を拒否されたら、どんなことを思うか。その見当もついていた。

これで鎌田ににらまれちゃったな、もう出世はキツいかもな――。

覚悟は、そこまで。甘かった。イノ部屋行きは、鎌田の怒りが予想以上だった証《あかし》で、今後のための見せしめでもあるはずだ。

昨日今日とイノ部屋で過ごした二日間、まったく悔やまなかったと言えば、嘘になる。もしあのとき素直に博多に単身赴任していれば……「言ってどうなるわけ？」の一言は、ここにこそ用いるべきかもしれない。

だが、もう吹っ切れた。

六月の異動を断ったのは、やはり正解だった。

「お父さんがいてくれてよかったね」と家族に言わせられるような見せ場はまだ訪れていないが、少なくとも、麻美の愚痴の聞き手としては、自分は十二分に役割を果たしている。もし俺が家にいなかったら、あいつは一人で苦しんで、腹を立てて、落ち込んで……。

折もよし、テレビのニュースはたったいま、育児ノイローゼの母親が子どもを道連れに無理心中を図った事件を報じた。ちょび髭《ひげ》のキャスターが深刻な顔で、専業主婦の孤独を憂えている。

「よーし……」

裕介は大きくうなずき、勢いをつけてウイスキーを飲んだ。

明日は、大阪支社から来た中川政夫《まさお》が出社する。イノ部屋同期生が全員顔を揃えるわけだ。

鎌田は、明日からどんな手を使ってくる——？

江崎室長は、どんなふうに俺たちをいらだたせる――？　『ニワトリは一度だけ飛べる』のメールを送りつけてきたのは、いったい誰なんだ――？

映画の予告編の煽《あお》り文句のようなことを思いながら、テレビ台の収納棚からゲーム機とコントローラーを取り出した。

「親がやってると子どもに示しがつかないでしょ」と麻美にはいつも渋い顔をされるが、ブロック崩しやインベーダーの時代から、テレビゲームは大好きなのだ。

死んでも生き返るところがいいんじゃないか、と言うと、麻美は本気で怒りだすだろう。だが、それこそが「ネバーギブアップ！」の精神ではないのか？

さっきの格闘ゲームをやってみることにした。キャラクターは、俊樹が使っていた善玉のヒーローを選んだ。

「一人用」のモードで、海坊主のような悪役を相手に、バトル開始――。

十五秒で、負けた。

第二章

1

イノ部屋に入ると、新顔――大阪支社から来た中川政夫が、羽村の隣の席に座っていた。

想像していたのとはだいぶタイプが違う。長身でスリムな、やさ男だ。

「アクのある奴らしい」と又聞きで話していた羽村も、どこかほっとした顔で、裕介と中川を紹介し合った。本来ならそれは江崎室長の仕事だったが、室長はあいかわらず文庫本に読みふけっていて、裕介が入ってきても顔を上げない。

中川は紹介されると、わざわざ机の「島」を回り込んで裕介の席まで来て、かしこまったしぐさで挨拶をした。

「このたび、ご縁ありまして、こちらにお世話になる運びとなりました。東京には出張でしか来たことのない田舎者ですが、なにとぞよろしくご指導たまわりますよう、お願い申し上げます」

礼儀正しい。そつがない。ただし微妙なよそよそしさも感じなくはない。

「中川くん」と羽村が声をかけると、中川は、いえいえいえいえ、と恐縮した様子で顔の前で手を横に振って、「『くん』は要りません」と言う。

「じゃあ、まあ……中川でいいけど、出身は岡山とか広島だろ？　あと、ずっと大阪支社で……そのわりには方言が出ないんだな」

中川は、ああ、そのことですか、と微笑《ほほえ》んだあと、すっと真顔に戻ると、一転、突き放すような口調で言った。

「僕、方言嫌いなんですよ。ふだんはつかったことありませんし、仕事の場で相手に方言つかわれると、いい気分しないんです」

鼻白んでしまった羽村に代わって、裕介はあわてて「じゃあ、大阪だとキツかったんじゃないのか？」と訊いた。

「そうですね、でも、外国のつもりで付き合ってきましたから」

そこまで言われると、裕介も「あ、そう……」と困惑してうなずくしかない。部屋の空気は中途半端なところでしぼんで、いつもの、未来のないイノ部屋に戻ってしまった。

自分の席に戻っていく中川の背中を目で追いながら、こいつはなんでイノ部屋送りになったんだろう、と裕介は思った。

大阪からわざわざ送り込まれてきたのだ。鎌田の逆鱗《げきりん》に触れた、それ相応の理由があるはずだ。

席についた中川は、居住まいを正し、部屋をあらためて見回した。引っ越し業者が見積もりをとるようなまなざしだった。なるほどねえ、と口が小さく動く。そうだよなあ、と納得するように、小刻みにうなずく。

「どうした？」と羽村が訊いた。

中川はすぐには応えず、もう一度部屋を見回してから、羽村に、そして裕介に目をやった。

「皆さんに最初に申し上げておきますが、僕、今回の異動、ぜんぜん嫌じゃないですから。先輩方と一緒にしないでほしいんです」

「はあ?」——羽村と裕介の声が揃った。

「イノベーション・ルームって、来てみたかったんですよ。だから夢がかなったんです」

一瞬、耳を疑った。

だが、中川の表情には冗談を言っているような気配はみじんもない。

「……おまえ、じゃあ、あれか、あの、えーと……なんていうか……」

羽村は頭の中の混乱をそのまま声に出して、「自分で異動の希望出したってことか?」と訊いた。

「はい」

きっぱり——という強さすら感じさせず、ごくあたりまえのことを、ごくあたりまえに認めるように、答えた。

「ここの部署ができるって聞いたときから、支社長にいろいろ頼んでみたんです。で、やっと空きが出たっていうんで」

「……半年越しの夢がかなった、ってか?　なあ、中川、おまえそれマジに言ってんの?」

「ええ」

強がりを言っているようにも見えない。むしろ、「すげえなあ、まいっちゃうなあ」と笑う羽村の笑顔のほうに、強がりが透ける。

大阪支社にはイノ部屋の実態が伝わっていないのだろうか、と思った。改革室——まさか、その名前を真に受けて、三杉産業の抜本的な構造改革を志して上京したのだろうか……いや、でも、さっきは「先輩方と一緒にしないでほしい」と言っていたのだ……。

唖然とする裕介や言葉に窮した羽村をよそに、江崎室長は黙って文庫本のページをめくる。中川の視線が一度も室長に向いていないということは、やはり彼もこの部屋の意味合いがわかっていて……わかっているなら、なんで希望するんだ？

中川は話をつづけた。

「僕、ずっと東京に来たかったんですよ。大学は地元だったし、就職したら本社じゃなくて大阪勤務でしょ。もう、がっくりしたまま、十年間くすぶってたんです。本社に無条件で異動できるのって、ここの部署しかないんですよ」

「じゃあ、あれか、あの、いや、だからさ……東京に出てきたくて、ここに来たのか」

「ぶっちゃけて言えば、そうです。リストラ部屋だろうがなんだろうが、給料はもらえるわけですし、仕事がないってことは自分の時間がたっぷり使えるってわけで、それって最高じゃないですか」

羽村はもはや、頭の中の混乱を意味不明の言葉にすることさえできず、口をわなわなと動かすだけだった。

中川は裕介に向き直った。

「酒井先輩、僕の言ってること変ですか？」

きょとんとして訊いてくる。

まっすぐに、裕介を見る。

「……いや、そんなことないけど」

思わず目をそらしてしまった。

「ですよね、仕事や会社も大事だけど、やっぱりいちばん大事なのは自分の人生ですもんねえ。そうですよね、酒井先輩」

うなずいてしまった。

「仕事は生活費を稼ぐための手段、それだけですよ。そうでしょ？」

裕介は、またうなずいた。あまりの屈託のなさに、つい気おされた。

「まあ、とにかくそういうわけなんです。僕はここで明るく生きていきたいんで、中し訳ないんですけど、愚痴とか悪口とかあるじゃないですか、そういうのには付き合わせないでいただきたいんです。なんかわがままなこと言ってますけど、そこのところは、よろしくお願いします」

椅子から立ち上がって、深々と一礼する中川を、羽村も裕介も、ただ呆然と見つめるしかなかった。

「あいつはスパイだ」

羽村はカツ丼を掻《か》き込みながら、吐き捨てるように言った。「スパイっていうより、刺客だな。刺客を送り込まれたんだ」と、時代がかった言葉を真剣に口にする。「俺たちを挑発してるんだ。こっちがカッときて殴ったりするのを待ってるんだよ。殴ったら、その瞬間、懲戒解雇だからな。へたすりゃ傷害とか暴行とかで告訴だよ。狙ってるんだ、それを」

割り箸を持った右手でパンチのジェスチャーをして、「そうとしか考えられないだろ」と言う。

裕介はあいまいにうなずいて、山菜そばをたぐった。

羽村の言うこともよくわかる。鎌田の性格なら、それくらいのことはやりかねない。

自分はともかく、短気な羽村を懲戒解雇に追い込もうとするなら、その手はかなり効果的だろう。

午前中は、初めて仕事が与えられた。

涙が出そうなほどくだらない仕事だった。

創立の一九六〇年以来の年度ごとの社員名簿を、パソコンに入力してデータベース化する――江崎室長は、名簿を合本にした分厚いファイルを指差して、「OA化っていうんですか、これも改革ですから」と、にこりともせずに言った。

仕上げる期日は決まっていない。仕上げたあと、それをどう活かすかの目処《めど》もない。

ファイルが机の上に置かれた瞬間、羽村の顔がこわばるのがわかった。

だが、隣の中川は「いい機会だから、ブラインドタッチ完璧に覚えちゃいましょうか」と軽口を叩いてファイルを広げ、「この苗字珍しいなあ」「芦屋なんて、いいところに住んでるんだなあ、このひと」「先輩、東京ってやっぱり田園調布がいちばん高級な住宅街なんですか？　成城って、けっこう芸能人住んでますよね」「昔って、中卒の社員もいたんですねえ」……明るくしゃべりどおしで、そのたびに羽村の顔はさらにきつくこわばっていった。

「気をつけろよ、ほんと、こっちから見てるとわかるんだ。俺、もう、ずっとはらはらしてたからな」

裕介が言うと、羽村は「べつにいいんだよ、俺は」と箸を置いた。「こんなクソみたいな会社にいつまでも飼われてるつもりないしな、最後は中川と江崎と鎌田、まとめて半殺しにしてやるよ」

「新しい会社、見つかりそうか?」

「まあな」

「……どこの会社?」

「いや、いまは九月期の決算前だから、どこもばたばたしててアレだけど、それなりに人脈も育ててきたんだし、なんとかなるさ」

「だよな、おまえならだいじょうぶだよ」

ヨイショ交じりに言うと、照れもせずに「あたりまえだよ」と返す。自信のかたまりのような男だ。

俺もついでに、どこかに紹介してくれないかな——さすがにそれは言えない。

羽村はほうじ茶を啜り、食べ残した丼を覗き込んで、「だめだな」とつぶやいた。

「ぜんぜん腹が減らないよな、あんな仕事じゃ」

「情報収集ってことで、午後から外に出たらどうだ? 江崎さんならハンコ捺《お》すだろ」

「なに言ってんだよ、なんで俺があんな奴におうかがいたてて、お許しをいただいて外に出なきゃいけないんだよ。こっちにも意地があるからな、根比べだ」

「……うん」

「だからさ、酒井も目先のアレに負けて、江崎なんかに頭下げたりするなよ。男はプライドをなくしたらおしまいだぜ」

そうだな、と小さくうなずいた。

「あいつらの手口はだいたいわかってるんだ。俺たちを怒らせるか、プライドをずたずたにするか。名簿写しなんて、それ以外のなにものでもないからな」

羽村は「俺のプライドがあの程度の仕事で傷つくと思ってるんだから、あいつら。そっちのほうがプライド傷つくぜ」と、おどけて肩を落とした。

ははっと笑う裕介に、羽村は「おまえはだいじょうぶか？　傷ついてないか？」と訊いてきた。

「ああ、まだ平気だけどな」

実際、くだらない仕事をやらされて、うんざりはしたが、べつだんプライドがどうこうということは感じなかった。

俺のプライドのありかは、仕事の内容じゃないのかもしれないな。ふとそう思って、朝の中川の言葉を思いだした。

仕事は生活費を稼ぐための手段、それだけですよ――。

あのときうなずいてしまったのは、屈託のなさに気おされたからというだけではなかったんだ、といまになって気づく。

ちょっと違う、と反射的に思ったのだ。だが、反論の言葉がとっさには出てこなかった。

ゆっくり時間をかければ、きちんとした反論ができたかどうか。

だいじょうぶさ、できるに決まってるだろう――と言い切れないことにも、いま、気づいた。

午後二時を回った頃、中川は不意に仕事の手を休めて、江崎室長の席まで歩いていった。

「室長、ちょっと外に出て、改革のための情報収集をしてきます」

江崎はさほど驚きもせず、机の引き出しから出張申請書を出して中川に渡し、すぐにまた本に戻った。

中川が必要事項を記入しているのを覗き込んだ羽村は、「煙草を買いに行くのも出張かよ、まいっちゃうよなあ」と聞こえよがしに言って、「出張手当出るんでしょうね」とつづけた。

江崎は本から目を離さず「出ませんよ」と言った。「出張の用紙を使ってるっていうだけですから。べつに書式は自由でいいんですよ、必要なことさえ書いてあれば」

「……はいはい、さようでございますか、ご丁寧なご回答ありがとうございました」

「どういたしまして」

バーン！　と音が響いた。羽村が机に掌を叩きつけたのだ。ほんとうに、再就職が決まる前に暴力沙汰を起こしてしまうかもしれない。

まあまあ、と裕介が羽村を目と手振りでなだめている隙に、中川は申請書を書き終えて江崎に差し出した。

江崎は日時の欄から順に、いちいち声に出して読んでいった。

外出の時間は、午後四時半まで。

行き先は、武蔵野医大付属病院。

「病院、ですか？」

「はい、病院の給食システムを参考にしようと思いまして」

「虫歯の治療なんかじゃないでしょうね。その場合は年休取ってもらいますよ」

「違いますよ。見てくるだけです」

中川はにこやかに笑いながら答えて、「行ってまいります」と誰にともなく会釈をした。

顔を上げたとき、ほんの一瞬だけ、笑みが消えていた。

2

木曜日も、金曜日も、週末を挟んで月曜日も……要するに、異動以来四日連続、中川は午後から外出した。行き先はいつも同じ、武蔵野医大付属病院。「病院の給食システムの調査」という理由も変わらない。

江崎室長も、さすがに金曜日には「ほんとうに通院治療じゃないんですね？　だいじょうぶですね？」と釘を刺した。「万が一、年休を取らずに通院治療をしてたってことになると……わかりますよね、その意味は」

もちろん、と中川は落ち着きはらってうなずいた。「せっかくイノ部屋に入れたのに、わざわざ墓穴を掘るほどバカじゃないですよ」――一言付け加えて、江崎だけでなく羽村や裕介にも会釈をして部屋を出ていった。

月曜日は、江崎も作戦を立てていたのだろうか、中川が提出した申請書には目も向けず、文庫本のページをめくりながら言った。

「そこまで通い詰めてるんでしたら、そろそろレポートでも出してもらえませんか。そうしないと、業務なのか単なるサボりなのか、区別が付きませんから」

感情のかけらもない、ひらべったい声だった。羽村は聞こえよがしの舌打ちをして、裕介も、またこれだよ、とうんざりしたが、中川はけろっとした顔で返す。

「室長、これは業務の指示ということでよろしいですね」

「うん？」

「了解しました。レポート、作成します」

「……うん、うん……」

初めて、江崎のペースが乱れた。ひとを小馬鹿にした余裕が崩れると、急に声は甲高くなり、かすれてしまう。

裕介は羽村と顔を見合わせた。思わず裕介はほくそ笑み、いい展開じゃないか、と羽村に目配せした。だが、羽村はこわばった頬をゆるめず、むしろ腹を探るような、訝《いぶか》ったまなざしを中川に向ける。

「では、行ってまいります」

いつものように会釈して部屋を出る中川に、裕介は「がんばってこいよ」と声をかけた。同僚としてのささやかなエールをおくったつもりだった。特別なことではない。営業部にいた頃ならごくあたりまえの、軽いコミュニケーションなのに、振り向いた中川は、見るからに鼻白んだ様子だった。

「酒井先輩には関係ないと思いますけど」

虚を衝《つ》かれた。ボクシングの試合中にいきなり後ろから跳び蹴りをくらったようなものだった。

「いや、あの、べつに、そんなつもりじゃなくて……ただ、まあ、仕事がんばってこいよ、って……」

気おされて、弁解にもならないことを口にしたら、中川はさらに不機嫌になってしまった。

「がんばれって、なにをがんばるんですか？　具体的になにかあるんですか？　方向性でもメソッドでもいいんですけど、あなたはそれが見えてて言ってるんですか？」

あなた呼ばわりに、さすがに裕介もむっとした。

「ちょっと待てよ、いや、中川くんさあ、そういうふうにさあ、理詰めっていうか……」

とりあえず笑いながら言ってしまうところが、いかにも弱い。甘い。

その弱さと甘さを、中川はぴしゃりとはねのけた。

「無責任なこと言うの、やめてもらえませんか」

中川はそのまま話を切り上げて、部屋を出ていった。裕介は、もうなにも言えず、呆然と背中を見送るだけだった。羽村も黙っていた。短気な羽村が、中川の無礼をたしなめるでもなく、逆に裕介の心得違いを正すでもなく、中川が去ったあとのドアを、ただじっと見つめる。

沈黙がしばらくつづいた。

「仕事してくださいねぇ、勤務時間中ですからねぇ」

江崎は鼻歌を口ずさむように言った。もう、いつもの、他人をいらだたせるだけの江崎に戻っていた。

その日の終業間際――『ニワトリは一度だけ飛べる』のメールが、再び裕介に届けられた。

件名は同じ。意味不明の数字とアルファベットが並んだ差出人のアドレスも同じ。

ただし、本文が違っていた。

〈今日から、新しい生活の二週間目が始まりますね〉

書き出しのフレーズで、メールの主が裕介の仕事や会社での境遇を知っている、ということがわかった。

さらにつづけて、こんなことも――。

〈つらいときには『オズの魔法使い』を読みましょう。

L・F・ボームの書いた『オズの魔法使い』には、わたしたちが生きるために必要なことがすべて書かれています。

そして、わたしたちの誰もが、『オズの魔法使い』に出てくる登場人物（「人物」といっても人間はヒロインのドロシーだけですが）の誰かにあてはまります。

あなたは子どもの頃に『オズの魔法使い』を読みましたか？

そのお話の内容を、いまでも覚えていますか？

ドロシーとともに（愛犬のトトも一緒です）旅をする仲間だけ、ここで紹介しておきます。

もしもあなたが『オズの魔法使い』を読んだことがあって、しかも夢中で読んでいて、いまでもドロシーと仲間たちの活躍を覚えているのなら、ずーっと画面をスクロールしていってください。しかし、もしも不幸にして忘れていたり、もっと不幸にして読んだことがなかったりするのなら、どうぞ、つづきを読んでください〉

『オズの魔法使い』は小学生の頃に読んだ。二年生か三年生の頃だった。確か、夏休みに読書感想文の宿題を出されて、しかたなく学校の図書館で借りてきたのだった。そんな読み方だったから、内容はまるで覚えていない。大きな竜巻に呑み込まれた女の子が、魔法の国に迷い込んでしまうお話――だったっけ？

パソコンの画面から目を離し、江崎と羽村の様子をうかがった。江崎はあいかわらず文庫本に読みふけり、羽村はキーボードを叩く指先に怒りを込めながら、名簿をパソコンに入力している。

課せられた仕事とはいえ、ノルマがきっちりと決まっているわけではない。これくらいは「ちょっと一息」の範囲内だろう、と決めて、メールのつづきを読むことにした。

最初に紹介されていたのは、カカシだった。

〈カカシは、ドロシーと出会う二日前に生まれたばかりでした。

カカシをつくったお百姓さんは、まず最初に耳を描きました。お百姓さんはあまり絵心のないひとだったようで、その耳の形は曲がって不格好でしたが、「聞こえればいいんだ」と、そのままにされてしまいました。

お百姓さんが次に描いたのは、目です。右目よりも左目のほうを大きく描かれてしまいました。

さらに、鼻と口。もっともカカシは最初は口の役目がわからず、しゃべることができなかったのですが。

できあがったカカシは、さっそくトウモロコシ畑で仕事を始めました。棒の先に結わえられて、人間のふりをして、カラスたちを追い払う。よく考えてみたら、むなしくて、かなしい仕事です。

カカシも最初はカラスが逃げるのを見て、自分が重要な任務を果たしているのだと得意に思っていましたが、年寄りのカラスが正体を見破って、平気な顔でトウモロコシ畑を荒らしはじめました。それを見た他のカラスや小鳥たちまで、すっかり安心してトウモロコシをついばんでいくのです。

自分はやっぱり役立たずなんだと落ち込むカカシに、年寄りのカラスは言いました。

「あんたも頭に脳みそがありさえすれば、人間と変わらなくなるんだがなあ。もっとくだらん人間だって、いるくらいだ。カラスであろうと、人間であろうと、この世の中、ねうちがあるのは脳みそだけさ」

カカシは脳みそ、すなわち知恵が欲しくて欲しくてたまりません。その願いをかなえてもらうために、ドロシーとともにオズの魔法使いに会いにエメラルドの都へ旅立つのです〉

つづいて、ブリキの木こりが紹介される。

〈油が切れて関節が錆《さび》ついてしまい、一年以上も動けずにいたブリキの木こりは、とてもかわいそうなひとです。

ブリキの木こりには、脳みそも、心臓もありません。でも、ブリキの木こりも、昔はブリキではなかったのです。

彼には結婚を約束した恋人がいました。彼女と暮らすために新しい家を建てようと思って、一所懸命に木を切って働いていました。

ところが、恋人と一緒に暮らしていたおばあさんは結婚に反対していて、魔女に頼んで、彼の斧に魔法をかけてもらいました。なにも知らない彼はいつものように木を切っていて、斧が滑って、左足を切り落としてしまいました。

木こりはそれでもくじけずに、ブリキでつくった左足を付けて、仕事に戻りました。するとと今度は、斧が右足を切り落とし、右足もブリキに付け替えると、さらに左腕、右腕、首、胴体……気がつくと全身がブリキになっていて、脳みそも心臓も失ってしまい、心臓がなくなると心もなくなって、あれほど愛していた恋人のこともどうでもよくなってしまったのです。

ブリキの木こりは、それが悲しくてしかたありませんでした。脳みそよりも、心臓、つまり心を取り戻したい。恋人を愛していたときの幸せな日々に帰りたい。

ドロシーと巡り合ったブリキの木こりは、新しい心臓をもらうために、オズの魔法使いのもとへ向かったのです〉

最後は、臆病なライオン――。

〈これはもう、名前だけでわかりますよね。そのまま、です。百獣の王のはずなのに、じつはすごく臆病で、他の動物を怖がらせながらも、ほんとうは自分のほうが怖くて怖くてしかたない、というライオンです。

このライオンさんは、ちょっと面白いことを言うのです。

危険に出くわすといつも心臓がどきどきしてしまう。ということは、心臓さえなければ、ぼくは臆病者ではなくなるのかもしれない。

それから、彼は、こんなことも言っています。

自分で臆病者だとわかっているかぎり、ぼくは幸せになれないんだ。これはつまり、脳みそさえなければ幸せになれる、という意味かもしれません。

カカシやブリキの木こりの話と合わせると、なんだかすごく哲学的なトリオだと思いませんか？

あ、そうそう、臆病なライオンのリクエストは、勇気です。勇気が欲しくてたまらないから、ドロシーの旅の仲間に加わって、エメラルドの都を目指したのです〉

三人の仲間の紹介を読み終えると、裕介は腕組みをして、うーむ、と低くうなった。教訓というか、風刺というか、子ども相手の読み物だとタカをくくっていたものの、意外と奥が深い。

知恵と、誰かを愛する心と、勇気。

確かに、この三人の悲しみは、誰もが少しずつでも背負っているものなのかもしれない。

さらに、メールはつづく。

〈わたしは、『オズの魔法使い』に出てくる旅の仲間が、すごく好きです。『桃太郎』より、ずっと素敵だと思います。なぜって、『桃太郎』の旅のお供は、キジと猿と犬。キジを「鳥」と言い換えたら、三匹合わせて「とり、さる、いぬ」。取り去る、去《い》ぬ。鬼ヶ島の財宝を奪い取ってひきあげる、というダジャレみたいな話になってしまうではありませんか。

でも、現実の世の中は『桃太郎』みたいなチームのほうが多いんでしょうね。キビ団子をもらってお供するなんて、ほんとうに、現実そのもの。

ドロシーは、カカシや木こりやライオンになーんにもあげません。でも、カカシも木こりもライオンも、ドロシーのことが大好きなのです。

『オズの魔法使い』みたいな旅をしてみませんか?

ドロシーと三人の仲間に、わたしなら、ニワトリを加えます。命と引き替えに一度だけ飛べるはずのニワトリ。でも、自分がほんとうは飛べるんだということを信じられないでいる、かわいそうなニワトリ。

わたしは思います。知恵を持って、誰かを愛して、勇気を振り絞れば……なにかを信じることができるんじゃないか、と。

『オズの魔法使い』を、もう一度読んでみてください。そして、あなたがいまいちばん欲しいものはなにか、を考えてみてください。

旅は、もうすぐ始まります〉

午後五時のチャイムを待ちかねて、裕介はイノ部屋を出ていった。

会社の外から、家に電話を入れた。

「なあ、ウチに『オズの魔法使い』ってなかったっけ?」

電話に出た俊樹は、「なにそれ、そんなゲーム出てた?」と聞き返す。

「なに言ってんだよ、本だよ、本、ほら、世界の名作っていうか」

「『白雪姫』とか?」

「もっと上の子が読む本だよ、上。もういいから、お兄ちゃんに代わってくれ」

「お兄ちゃん、部活だから、まだ」

「じゃあ、お母さんでいいよ。お母さんいるんだろ？」

俊樹の返事は、一瞬、遅れた。

「いるけど……寝てる」

その声が耳に流れ込むのと同時に、裕介は背中をこわばらせた。

横浜——だ。

「おじいちゃんから電話かかってきたんだって。それでダッシュで横浜に行ってきて、さっき帰ってきたの」

先週も呼びつけたばかりじゃないかよ、と心の中で吐き捨てる。こっちにもこっちの生活があるんだぞ、と義父の細おもての顔を思い浮かべて、にらみつけた。

「どうする？　お母さん、起こす？」

「いや……いいよ」

電話を切った。歩きだす足取りが、急に重くなった。

旅がもうすぐ始まる？

こっちは魔法使いの出てこない旅をずっとつづけてるんだ、と足元に目を落とす。

メールに返事を送っておいた。

〈あなたは誰ですか？〉とだけ、書いた。

3

翌日――火曜日の朝、返信メールは届いていなかった。

拍子抜けした思いもないわけではなかったが、むしろ、深入りすると面倒なことに巻き込まれそうだものなあ、とほっとする気分のほうが強い。メールの文面を読み返すと、送り主は裕介にエールを送っているように見える。だが、さらに深読みしていくと、会社批判や情報漏洩にあたる不用意な言葉を引き出そうとするトラップのようにも思えてくる。

あくびを嚙み殺してメールソフトを閉じると、「寝不足か?」と羽村に訊かれた。

「目がしょぼしょぼしてるぞ」

「うん……ちょっと」

答えたそばから、またあくびが出そうになった。

ゆうべも麻美の愚痴に付き合わされた。いや、「愚痴」と呼んでは麻美がかわいそうだ。あれは「悲鳴」だった、「SOS」だったんだ、と思い直した。義父は同居の話を切り出したらしい。そうしないと、おまえも横浜まで通ってくるのは大変だろう

――娘への思いやりを装うのが、義父のずるいところだ。そして、他人から見れば少々身勝手な義父の言いぶんをにべもなく切り捨てるには、麻美は優しすぎる。

「それも一つの選択肢かなあ、って……」

布団を頭からかぶってつぶやいた麻美の声が、いまもまだ耳の奥に残っている。ローンの残債や子どもたちの学校、通勤時間など、言い返す材料をとっさに思い浮かべながら、結局なにも言えなかった。口元をもごもごさせて黙り込んだ、そのときの息苦しさも、まだ忘れていない。

九時になった。「さあ、今日もクソ仕事、やりますかぁ」と羽村が聞こえよがしに言って分厚いファイルを開くと、部屋のドアがノックされた。江崎室長は珍しくてきぱきしたテンポで、「はいどうぞ」と応える。

ドアが開き、入ってきたのは、営業本部付の小松原《こまつばら》だった。

なにごとにつけても感情が表に出る羽村の顔に、緊張と嫌悪感がさあっと走る。裕介も、こちらは緊張とかすかな怯《おび》えを顔ににじませた。

羽村や裕介と同じ四十がらみの小松原は、鎌田と一緒に三杉産業に中途入社した。役職こそ付いていないものの、鎌田の懐刀というもっぱらの評判で、イノ部屋送りのメンバーも実質的には小松原が決めているという噂もある。思いきりシンプルに分けるなら、この男は――敵、それも圧倒的な戦力で我が軍を殲滅《せんめつ》せんとする敵の参謀なのだ。

短く刈り上げた髪に、プレスの利いたエンブレム付きのブレザー。陽に灼《や》けた顔には皺《しわ》やたるみはなく、裕介が最近薄くなったのを気にしている眉毛も、太くて黒々としている。爽やかな小道具はすべて揃っているのに、それが集まると、なにか妙な胡《う》散《さん》臭さが漂う。鎌田に見込まれる以前はマルチ商法まがいの通販会社のトップ営業マンだったという噂も、社内にはまことしやかに流れているのだ。

小松原は江崎の隣に立って、まず小さく咳払いした。あらかじめ話が通っていたのだろう、江崎も文庫本を開かず、背筋を伸ばして椅子に座り直した。

「酒井さん、羽村さん、ご苦労さまです」

外国映画の吹き替えのような低い声で、小松原は言った。羽村は無視したが、裕介はつい、どーも、と会釈してしまう。

「中川くんも、大阪からわざわざ、お疲れさまです」

中川はいつものように愛想良く「とんでもないです」と笑う。「感謝してますよ、ほんとに」

小松原は一瞬怪訝《けげん》そうに眉を寄せたが、すぐに表情を元に戻し、「今朝は中川くんのレポートを読ませていただけると聞いて、うかがったんですが」と言った。

昨日の話だ。売り言葉に買い言葉まがいのやり取りを、江崎はそっくり小松原に報告していたのだ。

裕介は江崎の陰湿さにムッとしながらも、ひるがえって、これもぜんぶ出来レースなのかもしれない、とも思う。サクラの中川が提出したレポートを「完璧ですねえ」と褒めたたえ、こっちにプレッシャーを与えてくることは、大いにありうる。

だが、中川はあっさりと「まだできてません」と答えた。「そういう指示も受けていませんし」

「ちょっ、ちょっと……」江崎は狼狽して、声を裏返らせた。「昨日、私、言いましたよ、みんなも聞いてますよ」

「いや、僕も覚えてますよ」

「だったら……」

「室長の指示は『そろそろ』でしたよね。『明日まで』ではありませんでしたから。いまは集めた資料を読み込んでいる最中です」

屁理屈だが、間違ってはいない。

江崎も言葉に窮してしまい、助けを求めるように小松原に目をやった。

さすがに小松原は落ち着きはらって、「じゃあ、明日まで待ちましょう」と言った。「明日の朝いちばんに提出してください」

「了解しました」

中川は即座に答え、「ただし」とつづけた。「業務時間は、名簿のデータベース化の仕事があるんです。レポート作成は自宅での仕事になりますので、時間外手当を請求します」

小松原が「いや、それは……」と言いかけると、「じゃあ明日までの提出は無理です」――中川は、ぴしゃりと言った。

すげえ奴だな、と裕介は気おされて、パソコンの画面に視線を逃がした。自宅に仕事を持ち帰ったことは、裕介だって何度もある。だが、それで時間外手当を請求したことはない。会社に遠慮する以前に、最初からそういう発想がなかった。

「室長、データベースの仕事とレポート、どっちを優先させましょうか。ご指示ください」

「……どっちを、って？」

「僕の体は一つです。室長が優先されるほうから片づけていきます。ご指示ください」

「あ、あのね、ちょっと……」

「ご指示ください」

「……まいっちゃったなぁ……」

予想外の展開に江崎は困惑しきってしまい、小松原も中川の腹の内を探るように黙り込んだ。

裕介は、よけいなとばっちりを食わないよう、パソコンの画面から目を離さない。

中川の切り返しに最初は快哉《かいさい》を叫びたかった。だが、少しずつ、割り切れなさが溜まってくる。中川の言いぶんはクールといえばクールだし、正しいといえば、もちろん正しい。それでも、なにか、どこかが、微妙に……。

「おまえ、なにグチャグチャ言ってんだよ」

羽村が沈黙を破った。怒気をはらんだ声だった。

中川は意外そうに羽村を振り向いて、「だって、大事なことでしょう?」と言う。

「やれって言われた仕事は黙ってやりゃあいいんだ、このバカ」

「そういう発想っておかしくないですか?」

「どこがだよ!」

羽村は、いつものように机を掌でバーン! と叩いた。

だが、中川はまったくひるまず、かえって羽村の単純なアツさに同情するように、「会社との距離の取り方、もっと考えたほうがいいんじゃないですか?」と言った。

「会社じゃねえよ！　仕事だろうがよ、大事なのは！」

思わぬ援軍に、小松原は満足そうにうなずいて、「羽村さんのおっしゃるとおりです」と言った。「中川くんもね、会社なんていう枠にとらわれずに、もっとグローバルに仕事をとらえてもらいたいんですよ」

その一言で、羽村はようやく自分の立場を思いだして、よけいカッとなってしまった。

「違う違う違う！　仕事じゃねえよ！　大事なのは会社がバカかどうかってことで、バカな会社なんて相手にすることねえんだよ！」――もう、わけがわからない。

まいっちゃったなあ、と裕介は身を縮めた。とにかく自分に火の粉がふりかからないよう、それだけを祈っていたら、パソコンの画面に〈メール着信しています〉とダイアログボックスが表示された。

新着メールの件名は、『ニワトリは一度だけ飛べる』だった。

〈いま、悪い魔法使いが部屋に来ていると思います。とても怖い魔法使いです。臆病なライオンと心をなくしたブリキの木こりを森に誘い込もうとしています。ブリキの木こりが嘘をついているんじゃないかと疑っているのです。そして、知恵のないカカシをひとりぼっちにして寂しがらせようとたくらんでいるのです。

気をつけて。

とりいそぎ〉

メールに気を取られているうちに、羽村の興奮も収まり、小松原は話の主導権を奪い返していた。

「中川くんね、じゃあ、こうしましょうか。レポート作成を、業務として優先することにします」

「……わかりました」

「営業本部としても、大病院の給食システムにはひじょうに興味があるんです。ですから、あなたのレポートには大きな期待を寄せているわけですが……ただ、あなた一人でレポートをまとめるのは負担でしょうから、酒井さんと二人でコンビを組んでもらいます」

すらすらとしゃべった。最初からそう決めていたのだろう。

江崎が尻馬に乗って言った「昨日までの成果を現場で酒井くんに見せてあげてくださいよ」のトゲのある言い方も、たぶん台本どおり。

メールに書いてあったことと同じだ。ブリキの木こりは中川、臆病なライオンが裕介、そして知恵のないカカシは――。

「羽村さん、お一人で寂しいかもしれませんが、名簿のほう、よろしくお願いします」

小松原は慇懃《いんぎん》に言った。むすっとした顔でうなずく羽村を見て、かすかに笑みを浮かべた。

悪い魔法使いは、そのまま、見送りに立つコウモリを従えて、イノ部屋を出ていった。

メールの主は、まだ正体を明かしていない。

だが、一つだけ確かにわかった。

会社の中にいる。

たぶん営業本部の、小松原の――そして鎌田の、ごく近いところに。

裕介は中川と連れ立って会社を出た。午前十時。営業部にいた頃はこの時刻にはすでにギアはトップに入っていたが、一週間以上もイノ部屋にこもりきりだったブランクは予想以上に大きく、空の青さと陽射しのまぶしさに頭がくらくらした。武蔵野医大付属病院へは、地下鉄から相互乗り入れの私鉄を使って、約一時間の道のりになる。

裕介が見張り役になっていることぐらい、中川にはわかっているだろう。江崎と小松原が自分の行動を疑っていることも、当然、察しているはずだ。だが、地下鉄の駅に向かう中川の足取りは、ごく自然なものだった。イノ部屋にいるときのような軽口こそ叩かないものの、困惑や後ろめたさはまるで感じられない。かえって、裕介のほうが気詰まりになってしまった。

駅の階段を下りる間際、足を止めて、中川の背中に声をかけた。

「俺……行ってもいいのか?」

数段下りてから振り向いた中川は「どうしたんですか?」と笑った。

「もしアレだったら、俺は病院に行かなくてもいいぞ。時間を決めてどこかで待ち合わせて、簡単に話だけ合わせといてから会社に戻ればいいだろ」

外回りを口実に仕事をサボったことぐらい何度も——数えきれないほど、ある。それを見咎《みとが》めて処分だの解雇だのと言いだすのなら、保証してもいい、ニッポンのサラリーマンの半分は失業者になってしまう。

「べつに中川をかばうつもりはないんだけど、俺、会社のスパイなんか絶対に嫌だから」

「かばうって？　僕、なにか悪いことしましたっけ？」

中川はきょとんとした顔で聞き返し、それから、ハハッと笑った。

「一緒に行きましょうよ、酒井先輩」

「……うん」

階段を、並んで下りていった。

裕介がためらいがちに「仕事のために通ってたわけじゃないんだろ？」と訊くと、中川はあっさりと「あたりまえでしょ」と認めた。

「レポートなんてね、どうせ読みませんよ、あのひとたち。だから、献立表をそのまま書き写しちゃおうと思ってたんです」

「イノ部屋は仕事をする部署じゃないんだから、一人で仕事をしてもしょうがないじゃないですか。羽村先輩って、まだわかってないんですよね、イノ部屋の意味が」

裕介は黙って、肯定も否定もしなかった。江崎と二人でイノ部屋に残された羽村のことを、ふと思った。あいつ、ほんとうにだいじょうぶなんだろうか……。

地下鉄の区間から地上に出た電車は、小さな駅をいくつも通過しながら郊外に向かう。都心にいるとあまり実感できないが、九月半ばの空の青は、もうじゅうぶんに秋だ。線路と並行する街道のイチョウ並木も、うっすらと黄色く色づいていた。

居眠りしていた中川は、途中の駅に停まったときに目を覚ました。駅名を確かめ、「次の次か……」とつぶやいて、裕介に「なに読んでるんですか?」と声をかけた。

「『オズの魔法使い』って、子どもの本なんだけど」

「すごいの読んでますねぇ、そういうのが趣味なんですか?」

苦笑いで「気まぐれだよ」といなした。中川にはメールは届いていないようだ。羽村でも中川にでもなく、裕介一人に――でも、なぜ?

「それより」中川は言った。「病院に着いたら、ちょっと付き合ってほしいところがあるんですよ」

「ああ……いいけど」

「で、会社のひとには内緒にしてほしいんです。室長にも、あと羽村先輩にも、黙っていてもらえますか」

中川は笑みを消した真剣な顔で言った。少し頰がこわばっているようにも見えた。それと同じ表情を、裕介も三十分後に浮かべた。

小児病棟の一角にある、学校の教室のような部屋の前——開け放した廊下側の窓から中川と裕介に気づいた女の子が、うわあっ、とうれしそうに手を振った。

胸の前で手を振り返した中川は、裕介を見ずに、「娘なんです」と静かに言った。

4

心臓の病気だった。

「病名を言ったって、どうせわからないと思いますから」

談話室に裕介を誘った中川は、そっけなく言って、「まあ、ヤバい病気だということは確かですよ。それだけでいいんじゃないですか?」とつまらなそうに笑った。

さっきの部屋は、長期にわたって入院している子どもたちのために設けられた院内学級だった。中川の一人娘は、小学校に入学して以来、病院の外の学校と院内学級を何度も往復してきた。いまは四年生で、五月からまた入院していて、退院の予定はまったくたっていない。

「名前……なんていうんだ?」

裕介が訊くと、テーブルで向き合った中川は、あきれ顔になった。

「不思議なひとですね、酒井先輩って」

「なにが?」

「だって、そんなに名前が気になります? いまは病気の話をしてるわけですよね、僕。で、ウチの娘の名前が気になるわけですか? 名前がなにか関係あるんですか?」

裕介のほうも、あきれた。

なんなんだ、こいつは……。つぶやきを胸に押しとどめて、「言いたくなかったらべつにいいから」と無理に頬をゆるめた。「悪かったな、話の腰を折っちゃって」

「いや、言いたくないわけじゃないですよ。勝手に決めつけないでください」

なんなんだ、こいつは、ほんとうに……。

羽村なら、当然のごとく、談話室のテーブルを掌でバーン! だろう。天板の薄いテーブルだから、コーヒーの紙コップがひっくり返ってしまったかもしれない。こういうシチュエーションで飲み物がこぼれるって、サイテーに間の悪い話だよなあ、と思う。

「なに笑ってるんですか？　僕、なにかおかしなこと言ってます？」

「……いや、ごめん、笑ったつもりはなかったんだけど」

困惑したり気詰まりになったら、すぐにどうでもいいことを考えてしまう。悪い癖だ。現実逃避のセコさが自分自身のセコさにもつながるような気がして、プロレスラーがロープに逃げるようなものなのかな、こういうの……と、またどうでもいいことに考えを逸《そ》らしてしまう。

「娘さんの名前、教えてもらってもいいかな」

遠慮がちに、顔色をうかがうように、裕介は訊いた。

「いいですよ。ミツキっていうんです。美しい月って書いて、美月」

「きれいな名前だなあ」

「画数で決めただけですけどね」

「……あ、そうなのか」

「それに、名前にきれいだとか汚いだとかって、あるんですか？　『太郎』ってきれいなんですか？　汚いんですか？　なんかね、そういうことを思いつきで言われるのって、嫌いなんですよ。バカにされてるような気がするんです」

昨日、会社を出る中川に「がんばってこいよ」と声をかけたときと同じだった。ただの屁理屈ではすまないような、もっと根の深い、ぴりぴりしたものが、ある。

「ごめん」と謝ってもまたなにか言われてしまいそうな気がして、裕介は黙ってコーヒーを啜った。

『ニワトリは一度だけ飛べる』のメールをふと思いだした。あのメールの予言めいた言葉を信じるなら、中川は、心をなくしたブリキの木こりだった。恋人を愛し、仕事を愛し、それぞれを愛しすぎたために、なにかを愛する心のすべてを失ってしまった、哀れな木こり……。

「話、戻していいですか」

中川はそっぽを向いて言った。面倒くさそうな口調だった。だが、中川は、裕介が頼んでもいないのに病院に連れてきて、院内学級で美月の姿を見せて、一人でしゃべっているのだ。

話したいんなら話せよ。

誰かに話を聞いてもらいたいんなら、もっと素直に話せよ。

心の中で吐き捨てて、裕介はまたコーヒーを啜った。

美月の心臓の病気は先天的なものだった。車にたとえるなら、エンジンのバルブが

二、三本はずれて、シャフトが折れてちぎれかかっている状態なのだという。

バルブは心臓のどこにあたるのか、シャフトはどこなのか、機械にはまるで弱い裕介が、弱いなりに乏しい知識をたどっていたら、それを見透かしたように、中川は「いまのは、適当に思いついて言っただけですから」と、そっぽを向いたまま付け加えた。「要するに、とんでもないジャンク品だった、と。それだけのことですよ」

手術をするには、赤ん坊の体はまだ小さすぎた。もう少し成長してから手術を受けることが決まり、しばらくは自宅で、心臓の様子を見ながら育てていった。

「いまにして思えば、その頃がいちばん家庭らしい家庭でしたね。確かに爆弾を抱えてるようなもので、僕も女房もいつもびくびくしてたんですが、でも、やっぱり、そばにいてやれるっていうのは、いちばん大きいですよね」

「だよなあ……」

なにげなく相槌を打つと、「子どもさんと離れて暮らしたこと、あるんですか？ないんなら、わかったふりしなくてもいいですから」――また、ぴしゃりと言われてしまった。

さすがに裕介も腹に据えかねた。

「なあ、中川……おまえ、それ、ひとと話す態度じゃないだろ。喧嘩売ってるとしか思えないぞ」

だが、中川は少しもひるまず、悪びれもせず、「じゃあ」と返す。「ひとりごとをしゃべってるんだと思っててください」

「……しゃべれよ、勝手に。俺、もうなにも言わないから」

裕介もそっぽを向き、テーブルに頬づえをついて、脚を組み替えた。

俺、いま、めちゃくちゃ怒ってるよな、と自分に訊いた。答えるまでもない問いだった。

なのに、なんでここにおとなしく座ってるんだろうなあ……。

答えを探すには時間がかかりそうだったので、考えるのをやめた。

中川は、再び「ひとりごと」をつづけた。

美月が最初の手術を受けたのは、小学一年生の五月だった。真新しいランドセルを背負って入学したわずか一カ月後に、友だちと別れて、大阪の大学病院に入院し、全身麻酔をかけられて、十時間近くに及んだ手術を受けたのだ。

大学病院の、えらーい先生のスケジュールが、その時期しか空いてなかったんですよ、えらーい先生はお忙しい方ですから――「ひとりごと」に感情がにじんだ。

手術は、失敗ではなかったが、成功というわけでもなかった。さっきの自動車のたとえを使うなら、シャフトの折れたところをつないだ代わりに、エンジンのバルブがさらに一本はずれてしまったのだという。

手術後も入退院を繰り返したすえ、大阪の主治医はさじを投げて、首都圏のさらに大きな病院に転院して再手術を受けることを勧めた。それが、この、横浜にある武蔵野医大付属病院だった。美月は小学三年生になっていた。

中川は大阪に残り、妻は美月に付き添って上京した。再手術でとりあえず目先の危機は脱したが、完治には至らず、美月は爆弾を抱えたままの生活を送ることになった。手術後、妻は病院の近所にアパートを借りた。美月は心臓の調子のいい時期は地元の学校に通い、体調を崩したら入院して、院内学級に通う。大阪で一人暮らしをする中川は、毎週金曜日には最終の新幹線で上京し、日曜日の最終の新幹線で大阪に戻る。そんな生活が丸一年つづいて、やっといま、東京の本社勤務になった。たとえイノ部屋であっても、それは間違いなく、幸せな異動なのだ。

「こんなこと言うと、また酒井先輩によけいな相槌を打たれちゃいそうなんですけどね」

中川はそう前置きして、「娘が生まれてから十年間、なによりも優先するのは娘のことだったんです」と言った。

「大阪では『定時の男』って呼ばれてました。ほとんど残業しませんでしたからね。休日出勤もしない、接待ゴルフもしない、有給休暇は残さずいただく、契約の日にも娘が熱を出したら平気で休む……どうでもいいんです、仕事なんて」

裕介は、言われたとおり、相槌を打たなかった。そっぽを向いたまま、にしておいた。中川がそれを望んでいるんだと思うから。

だが、「ひとりごと」は不意に終わった。中川は憤然とした様子で立ち上がり、裕介をにらみつけたのだ。

「酒井先輩、もういいですよ」

「え？」

「もう、べつにしゃべることもないですから、帰ってください」

「……いや、でも……」

「しつこくないですか？　そんなにひとの家の不幸な話を聞きたいんですか？　ちょっと趣味が悪すぎますよ、失礼ですよ」

「ちょっと待てよ、おい、さっきからおまえが一人で……」

「先輩がいるからですよ。先輩がそこにいるから、僕、しゃべらなきゃいけないじゃないですか。すごく迷惑なんです。困ってるんですよ、さっきからずっと」

めちゃくちゃだ。

心を病んでるのか——？

一瞬思い、ここでどう対応すればいいのかとっさに考えていたら、中川はその胸の内を見抜いたかのように裕介を振り向いて、「だいじょうぶですよ」と笑った。「いまのも、たとえ話です」

なにを訴えるわけでもない、ただそこにいるだけなのに——いや、ただそこにいるということじたいで、なにかを訴えかけてくるひとがいる。

「僕にとっては、それが娘なんです」

「存在感っていうこと？」

「わからないんなら、黙って聞いててください」

相槌や質問を封じ込めておいて、中川はつづけた。

「責めるんですよ」

顔がゆがむ。

「娘が……僕を、責めるんですよ」

声が震える。

裕介はあわてて言った。

「そんなことはないだろ。さっきだって、中川を見て、あんなにうれしそうに手を振ってたじゃないか」

これは言ってもいい。言わなければならないことだと思った。

だが、中川は目をカッと開いて、まっすぐに裕介を見据えた。

嘘でしょう？　というふうに。

いまの冗談だって言ってくださいよ、というふうに。

そして、裕介の言葉が嘘でも冗談でもなかったんだと知ると、なにかに失望したように——違う、もっと強く、重く、痛々しく、絶望してしまったように、言った。

「先輩……笑顔がいちばん、ひとを責め立てるときもあるんだってこと、わからないんですね……」

飛び込みで入ったわりには、この町の漫画喫茶は「あたり」だった。漫画の品揃えも悪くないし、うまいぐあいにパソコンブースもある。

裕介はパソコンブースに入り、『ブラック・ジャック』をデスクに全巻積み上げて、心臓病をネタにした回を選んで読んでいった。重い心臓病はいくつも出ていたが、中川の娘の病気にあてはまるかどうかはわからない。ネットの医学サイトでも同じだった。どだい無理な話なのだ。そもそも、中川は娘の病状についてなにも話してくれなかったのだから。

それでも——『ブラック・ジャック』のピノコの「アッチョンブリケ」の顔に思わず頬をゆるめたあと、裕介は、やれやれ、とため息をついた。

出会ったときから一筋縄ではいかない奴だとは思っていたが、中川があそこまで屈折しているとは思わなかった。

娘の病気への同情や励まし、そしてわかったふうなことを言われるとき、中川は最も激しく、憎悪にも近い拒否反応を示す。

重い病気の子どもを持つと、まわりの雑音もいろいろあるんだろうな……と納得しかけて、だからそのわかったふうなところがダメなんだよ、と自分をたしなめた。

「ひとりごと」の相手にすら価せず、と見限られてしまったのだろう、中川はさっさと裕介と別行動をとってしまったのだ。

「そろそろ娘の授業が終わりますから、僕、女房と交代して病室に詰めてます。酒井先輩、もうここから先は付き合ってもらわなくてもけっこうですよ」——まさに用済みという感じで言われた。

だが、裕介だって一人でのこのこ会社に戻るわけにはいかない。

「レポート、どうするんだ。俺で調べられることがあれば……」

「ないですよ」

容赦なく、言われた。

「おい、ちょっと待てよ、俺だっていちおう営業だったんだぞ。給食センターの場所を教えてくれれば、半日あれば納入業者のチェックぐらいならできるから」

力んで言う裕介をいなすように薄く笑った中川は、バッグからUSBメモリーを取り出した。

「いままで調べたぶんは、これに入れてますから、もしよかったらご覧になってください。足りない部分の補足は、ご自由に」

「……仕事、やってたのか」

中川はまた薄っぺらな笑みを浮かべ、「夕方四時に会社の前で待ち合わせましょう。それまでは自由行動です」と一方的に言い捨てて、談話室から出ていきかけた。

その背中に、せめてものイヤミをぶつけた。

「仕事なんてどうでもいいんじゃなかったのか？」

振り向いた中川は、ほとんど間をおかずに言った。

「ええ、どうでもいいですよ。でも、嫌いってわけじゃないんです」

ハハッ、と笑う。イノ部屋に来て以来、初めて素直に笑ったように見えた。

仕事なんてどうでもいいけど、嫌いなわけじゃない、か……。

言葉は屈折している。

だが、その屈折が、妙にリアルなようにも感じられる。

仕事はたいせつだけど、好きなわけじゃない、か……。

俺には、こっちのほうが近いかな——役回りが中川と入れ替わってしまったような薄い笑みを浮かべて、預かったＵＳＢメモリーをパソコンに挿した。

中川が別れぎわに言った言葉の意味は、ＵＳＢメモリーに収められたファイルを開いて五分もしないうちにわかった。武蔵野医大付属病院の給食システムをめぐるレポートは、そのまま会議に提出できる完璧な仕上がりだった。

第三章

1

　中川は、小松原の指示どおり、水曜日の朝いちばんにレポートを提出した。

「酒井先輩にいろいろとご指導をいただいて仕上げました」

　江崎室長はもちろん、羽村もみごとにだまされて、ほんとかよ、というふうに裕介を見た。

　裕介はなにも言わない。中川が念押しをするように「先輩、ほんとにお世話になりました」と声をかけてきても、黙って、微笑みまで浮かべて、うなずいた。

あいつがそれを望むのなら従おう、と決めていた。遠慮や気づかいというのではなく、中川の屈折にもう少し付き合ってみたかった。

江崎は中川の差し出したUSBメモリーを困惑顔で受け取って、「レポートっていうのは、紙の形で来るものだと思ってましたけどねえ」と言った。「プリントアウトぐらいしてもらってもいいんじゃないかと思いますけど……」

「気が利かなくてすみません」中川は素直に謝った。「ただ、これ、ウェブのページにも飛べるようにしてあるので、できればパソコン上で読んでいただいたほうが、よりベターかと存じますが」

表情や口調は、あくまでも穏やかで愛想よく装っている。だが、話しだす前に一瞬浮かべた冷ややかな笑みを、裕介は見てとった。

「では、確かに提出しましたので、よろしくお願いします」

中川は言った。軽く頭を下げたあとで、醒めきった一瞥《いちべつ》を江崎に送って、席についた。

裕介はそれを黙って見届ける。胸の奥に、もやもやしたものが溜まっている。昨日からずっと、だ。

仕事なんてどうでもいい、と中川は言ったのだ。でも嫌いってわけじゃないんです、とつづけて、その言葉どおり完璧なレポートを仕上げてきたのだ。

俺は――?

ひるがえって、思う。

俺はやっぱり、仕事はたいせつだけど好きじゃない、という男なのか――?

ゆうべ、麻美と二人でしばらく話し込んだ。最後のほうは言い争いに近かった。出口の見えない、お互いに嫌な気分になるだけの話し合いだった。

横浜の義父は、やはり本気で同居を考えているらしい。義母のリハビリは遅々として進まず、もう以前のような生活には戻れないだろう。七十歳を過ぎた義父も、この半年間の介護生活で体も心もすっかり弱くなってしまった。

娘一家との同居を願う義父の気持ちもわかる。年老いた両親を放っておけない、と言う麻美の気持ちもわかる。だが、横浜の実家に移り住んでしまうと、会社までの通勤時間は片道三時間近くなる。といって、4LDKのマンションに両親の居場所など、どこにもない。

日帰りで横浜まで通いつづけるのはもう限界だ、と麻美は言う。このままの生活がずっとつづいたら、こっちが倒れてしまう。

それは認めても、そこから先は、どうしても受け容れるわけにはいかなかった。

子どもたちはどうするんだ、と裕介は訊いた。転校させなきゃいけなくなるんだぞ。

すると、麻美は、だいじょうぶ、ときっぱり返した。わたしがちゃんと説明すれば絶対にあの子たちはわかってくれるから。「わたしが」を強めて言うところに、根拠だの筋道だのを超えた覚悟がにじんでいた。

気おされた裕介は、逃げ道を探して、そこにすがるように言ったのだ。

俺の仕事だってあるんだぞ、会社まで片道三時間もかかったら、仕事なんてなにもできないじゃないか。

自分の吐いた言葉の嘘を、自分が誰よりも知っている。

おまえって、そんなに仕事が好きだったのか――？

自分を責める言葉は、羽村の声になって胸の奥に響く。羽村は間違いなく仕事をたいせつに思っている。そして、紛れもなく、仕事が大好きな男だ。

酒井先輩の言ってることって、要するに仕事を口実にしてるだけなんでしょ――？

中川の声も聞こえ、ついでに、江崎の声まで聞こえてくる。

仕事仕事っておっしゃってもねえ、あなた、いまイノ部屋なんですよ、自分の立場、わかってますか――？

江崎は、中川の渡したUSBメモリーを机の引き出しにしまったまま、いつものように文庫本に読みふけった。

中川もいつものように軽口を叩きながら名簿のデータ入力の作業をつづけ、裕介も黙々と机に向かって手書きの名簿をパソコンに移し替えていった。

一方、羽村の様子は、朝から少し変だった。会社のパソコンにはほとんど見向きもせず、自前のノートパソコンと携帯電話でメールを送りつづけて、その返事が届くたびに、満足そうにうなずいたり舌打ちしたりしていた。

午後――中川が例によって外に出かけてしまうのを待っていたように、羽村はノートパソコンを閉じて、江崎に険のある声をかけた。

「ちょっといいですか、室長さん」

江崎は文庫本から目を離さずに「なんですか？」と応じた。

「中川と酒井のつくったレポート、いつ読むんですか？」

「ええ……すぐに読みますよ」

「すぐに？　『すぐ』の時間はとっくに過ぎてませんか？　朝イチで提出させた書類は、朝イチで読むのがスジじゃないんですか？」

「……なるべく早いうちに読みますから」

「なるべくって、いつ頃になるんですか？」

「それは、まあ、小松原さんのスケジュールもありますからねえ」

「じゃあ、早く小松原さんに渡してくださいよ。約束どおり仕上げてきましたよ、って。このままあんたの机の中にしまい込まれちゃったら意味がないじゃないですか」

「……そんなことしませんよ。持っていきますよ、ちゃんと」

江崎はいなすように笑って、文庫本を一ページめくった。

「すぐに持っていけよ」

羽村は気色《けしき》ばんだ。

ふだんならこのあたりで机を叩くところだが、もはやその程度では収まらないのか、つづく言葉はさらにとがっていった。

「あんた、俺たちに無意味な仕事やらせるなよ」

「いや……意味はありますよ、仕事なんですから」

「仕事っていうのはな、意味があるから仕事っていうんだよ」

江崎は本を読む目を微妙に泳がせながら、「ですから……」と返しかけた。

それをさえぎって、羽村は机の上の分厚い名簿ファイルをなぎ払って床に落とした。

「こんな仕事のどこに意味があるんだよ……言ってみろよ、てめえ」

だが、江崎は逆に、羽村のその行動で余裕を取り戻した。

「ファイル、壊れたり破れたりしてませんか？ いちおう会社の備品ですからね、壊したら、それなりの処分をさせてもらいますよ」

「するなら、してみろ」

羽村はうめくように言って、床のファイルを踏みつけた。

「……本気ですか？」

「洒落でやるほど、こっちも暇じゃねえんだよ」

ファイルを蹴った。リングの留め金がはずれ、紙がばらけて床に散らばった。

江崎はやっと文庫本から目を離し、床をじっと見つめて、「壊しましたね」と言った。「確かに、これ、壊れてますね……そうですね？」

羽村は動揺したそぶりも見せずに「酒井を証人にすりゃあいいだろ」と言って、帰り支度を始めた。

「外出は許可をとってください」と江崎が言う。

「うるせえんだよ、おっさん」

その一言を残して、羽村は部屋を出ていった。

江崎は追いかけも引き留めもせず、再び文庫本に目を戻して、数ページ読み進めたところで、ゆっくりと立ち上がった。ファイルを拾い上げ、小脇に抱えて、「ちょっと営業本部のほうに行ってきます」と言う。

証拠品——なのだろう。

戦利品——のつもりなのかもしれない。

裕介は唇を嚙みしめた。止めたい。なんとか江崎をとりなして、羽村の代わりに謝ってもいい、とにかく営業本部へ向かわせてはいけない。

だが、体が動かない。声も出ない。

「話が長くなるかもしれませんので、五時になったら適当にひきあげちゃってください」

江崎の声は微妙にはずんでいるようだった。

なにも言えない。腰すら、浮かない。

「それじゃ」と江崎は廊下に出て、ドアが静かに閉まる。

裕介は自分の席にとどまったまま、ただ唇を嚙みしめるだけだった。

終業時間間際になって、メールが届いた。

件名は、いつもの『ニワトリは一度だけ飛べる』だった。

書き出しは――〈勇気のないライオンさん、いま、あなたはどんな気分でそこに座っているのですか？〉

〈知恵のないカカシは、とうとう自分のやっていることのむなしさに気づいてしまったようですね。

悪い魔法使いたちは、さっきからうれしそうに悪だくみをしています。器物破損で警察に届け出ることも考えているようです。そうなると、懲戒解雇、ですね。

知恵のないカカシはどこへ行ってしまったのでしょう。カカシはどこにも行けないからカカシなのに。カカシは身動きせずに畑の真ん中に立っているからこそ、カカシなのに。

臆病なライオンは、カカシを助けてあげることができませんでした。ほんとうに勇気のない、かわいそうなライオン！

ブリキの木こりは、今日もまた、心をなくしたまま、恋人のもとに通っているのでしょうか。木こりの持っている斧は、とてもよく切れます。でも、その斧が自分の手足を切り落としてしまうのですから、世の中というのは、人生というのは、どうしてこんなに皮肉にできているのでしょうね。

勇気のないライオンさん、あなたは忘れているかもしれませんが、あなただって勇気をふるったことはあるんですよ。わたしは覚えています。とってもささやかな、でも、とってもたいせつな勇気でした。

思いだせるかな？

わたしは思います。勇気というのは、ゼロから生み出すものではなく、忘れていたことを思いだすことから生まれるんじゃないか、と。

赤ちゃんが、這い這いができるようになって、つかまり立ちを覚えて、そして生まれて初めての「あんよ」の第一歩を踏み出すときの勇気って、すごいものだと思いませんか？　もっとさかのぼれば、気持ちよかったお母さんのおなかから外の世界に出ていくときの勇気といったら！

わたしは思うのです。人間は誰だって、生まれたばかりの頃はものすごく大きな勇気を持っていたんだ、と。いまでもその勇気はどこかにある。臆病なひとは、それを忘れているだけなんじゃないか、と。

ライオンさん、でも、あなたはそこまで記憶をさかのぼらなくてもいい。あなたは、ちゃんとおとなになってからも勇気をふるった。

わたしは知っています。

なぜって、わたしは、あなたの勇気に助けられたのですから〉

メールを読み終わると、すぐにパソコンを操作して、営業本部の従業員名簿にアクセスした。個人情報など一定以上のセキュリティーが求められるサイトに入るには、社員ＩＤとパスワードが必要になる。いつものようにＩＤを入れ、パスワードを入れると――はじかれた。〈無効なＩＤまたはパスワードです〉というメッセージが画面に出た。

総務や人事も同じだった。会社の中枢には入っていけないようになっている。イノ部屋に送られたとたん、同じ社員でありながら、こんな仕打ちを受けてしまうのか……。だが、憤ったり悲しんだりしている暇はない。盗聴や録音の恐れがある内線電話は避け、携帯電話で営業二課の島本に連絡をとった。

島本は、「どうしたんですか？」と、驚いた声で――そして、なにか警戒するような声で訊いた。

「いま、おまえ、どこだ？　会社にいるのか？」

「……社内ですけど」

「ちょっと頼みがあるんだけど、聞いてくれないかな」

返事がワンテンポ遅れた。

「……あの、どういう頼みごとなんでしょうか」

警戒の色に加えて、逃げ腰にもなっている。イノ部屋送りになった男とはかかわりあいになりたくない、のだろう。

「迷惑はかけないから」と裕介が言っても、それがかえって逆効果になってしまったのか、島本はさらに警戒を深めて、「その話、僕じゃないとできないことですか？」とまで言った。

ほんの半月ほど前までは、二人でずっとコンビを組んでいたのだ。目端は利かなくても、ひとのよさが取り柄の男だったのだ、島本は。

「迷惑は絶対にかけないから」

念を押して言った。島本の困惑に気づかないふりをして、つづけた。

「悪いけど、営業本部のスタッフの名簿が欲しいんだ。二課のパソコンからならアクセスできるだろ。こっちのパソコンはどこのサーバーにも入れなくなってるから、どうにもならないんだ」

「……いや、でも……」

「頼む、なにかあったら俺が責任とるし、同じ会社なんだから、情報漏洩にはならないだろ。なるわけないじゃないか。そうだろ？」

島本の返事はない。

「だったら、こうするか、俺が営業二課に行くよ。覗くだけだ。それだったらだいじょうぶだろ？」

返事は、ない。

「もしもし？　おい、島本？」

「……すみません、他のひとに頼んでください」

電話を切られた。

舌打ちして通話終了ボタンを押すと、すぐさま着信音が鳴った。

羽村から――だった。

2

「感謝しろよ」

羽村は口のまわりについたビールの泡を手の甲で拭って、胸を張った。

ひさしぶりに見る――かつてはそれがあたりまえだった、自信に満ちた羽村の顔だ。

裕介は小さくうなずいて、「でも……」と言った。「ほんとにいいのか？　俺まで入っちゃって」

「なに他人行儀なこと言ってんだよ、って、他人だよな、俺ら」

ハハッと笑う。

まだビールは一杯目だったが、羽村はすっかり上機嫌になっていた。

「やっぱり同期を見捨てるわけにはいかんだろう。入社も同期、イノ部屋送りも同期、で、退職願を叩きつけるのも同期……いいコンビじゃないかよ、なあ」

裕介は苦笑して、ビールのジョッキを口に運んだ。つい、おなじみのビールのつもりでごくごくと勢いをつけて飲んだら、炭酸の軽い刺激の代わりに、ギネス独特の、濃厚な、甘みとも苦みともつかない味と香りが口の中から鼻に抜けて、むせ返ってしまった。

仕事帰りの一杯は、もっと軽い喉越しのほうがいい。

「なにやってんだよ、このビールは風呂あがりに一気飲みするようなビールじゃないんだからさ」

羽村はあきれ顔で言って、フィッシュ＆チップスのフライドポテトをかじる。

西麻布のアイリッシュ・パブ——当然、スタンディングの小さな円卓。

仕事帰りの一杯は、できるなら座敷で膝をくずし、壁に背中を預けて呑みたい。

「ダーツでもやるか?」

羽村に誘われたが、いやいやいや、と顔の前で手を横に振って断った。

仕事帰りの一杯のシメは、バッティングセンターが、いちばん好きだ。ほろ酔いかげんでバットを思いきり振ると、足と腰がふわっと浮きそうになり、頭が一瞬痺《しび》れたようになる、その感覚がいいのだ。

「みんな、こんなお洒落な店で呑んでるのか?」と羽村に訊いた。

「パブのどこがお洒落なんだよ。こんなのおまえ、庶民の店だよ、ロンドンあたりじゃ。ほら、これなんか屋台のスタイルだぜ」

英字新聞に包んだフィッシュ&チップスを指差して、「日本で言うなら、焼き芋スタイルだ」と笑う。

「いや、でも、カッコいいよ。俺なんか雰囲気に呑まれちゃって……」

「おいおい、しっかりしろよ。イギリスの立ち飲み屋だぜ、ここは」

羽村はまたあきれ顔になって、「居酒屋でウーロンハイってパターンにどっぷり浸かってるなあ、おまえも」と言う。

「……西麻布なんて、バブルの頃以来だよ」

「わかるわかる。そーゆーサラリーマンっているんだよ、接待費で落とせなくなったら、呑む店のレベルをがくーんと下げちゃう奴。おまえなんて、完璧、そうだろ？」

違う——とは言い返せなかった。

「でもなあ、俺、男の価値ってのは自腹でどんなレベルの店に通い詰めてるかで決まると思うぜ。高い店にはそれなりの理由があるんだし、お洒落な街にもちゃんと理由がある。そうだろ？　それを吸収していけるんだと思ったら、金を惜しんでる場合じゃないだろ。自己投資だよ、自分への投資」

なんだか英会話教材のセールスマンが並べ立てそうな理屈だったが、かつての出世頭に言われると、さすがに説得力がある。

「その投資が……いま、こうして実るわけだよ、わかるか？」

羽村はそう言って、ギネスを美味《うま》そうに啜った。

「みんな何時に来るんだ？」

裕介が訊くと、「さみだれだよ、そんなの」と言う。「仕事の終わった奴からここに来て、軽くビールを飲《や》ってるうちに、なんとなくメンツが揃ってるって感じだな」

いまはまだ六時前だったが、羽村は「今夜は集まりが早いと思うぜ」と、数組の客しかいない店内を見まわした。「なんたって俺の緊急招集だからな、みんな、飛んでくるさ」

みんな──羽村が会社の外で付き合っている仲間たちのことだった。

バブル時代の異業種交流会で知り合った数人を軸に、二十人近く。メーリングリストをつくって情報を交換したり、西麻布界隈で集まって、硬は日本経済の行く末から軟は讃岐《さぬき》うどんの美味い店のベストテンまで、さまざまなことを語り合っているのだという。

「カッコよく言えば私的な勉強会ってことになるんだろうけど、大学のサークルのノリの、ユルい付き合いだよ」

羽村はフィッシュフライを頬張りながら言う。本人はさらりと口にしたつもりかもしれないが、なんというか、「わかってるな、いまの謙遜だぞ、謙遜して言ってるんだぞ」という本音がぷんぷん漂ってくるところが、いかにも──だった。

「みんな、俺たちと同じぐらいの歳なのか？」と裕介は訊いた。

「いや、上は五十代だし、下は二十代もいる。アメリカの奴もいるし、香港から来てる奴もいるし、在日コリアンの青年実業家もいる。そこがいいんだよな。会社の中みたいに、何年度入社とか、出身大学がどうだとか、ぜんぜん関係ないわけだ。グローバルでフレキシブルなんだ。二十一世紀型って言えばいいのかな」

さっきは「同期だ、同期だ」と盛り上がっていたくせに、と言い返してやりたい気持ちを抑えて、黙ってうなずいた。

おまえ、急に口調も変わってきたんじゃないか？　と混ぜ返すのも、やめておいた。

今夜の裕介の立場は弱い。圧倒的に、弱い。

「同じ会社に行けるかどうかは保証できないけど、とにかく酒井のこと、思いっきりアピールしてやるからな」

羽村は裕介の背中をドーンと叩いて、上機嫌に笑う。

「言ってみりゃ、公開ヘッドハンティングみたいなもんだ。争奪戦で仲間の友情にヒビが入っちゃうと困るんだけどなあ……」

イノ部屋脱出のための大勝負――だと羽村は言う。

今朝、メーリングリストに、会社を辞めようと思っていることを流した。イノ部屋行きがいかに理不尽なものであり、自分の実力に対する会社内外の評価はいささかも変わっておらず、むしろキレすぎる逸材だからこそ独裁者の鎌田に恐れられてしまったのだ、と強調したうえで、移籍先についていろいろ相談したい、とメッセージを締めくくった。

「再就職」ではなく「移籍」という言葉を選んだところに、微妙なプライドが覗く。

いや、そもそも、どんなに理不尽であろうと、自分がリストラされたのだと告白することじたい、徹底して強気な羽村にとっては耐えがたい屈辱だったはずで、要するに羽村はイノ部屋生活でそこまで追い詰められてしまったということなのだ。

それを思うと、裕介は、なにも言えない。

「正直言って、俺、今夜はおまえを主役にするつもりなんだ。俺のことはどうでもいいんだよ、マジに。べつに、この会じゃなくても、いくらでも人脈ならあるんだし……。ほんと、応援するからさ、おまえもがんがん自分を売り込めよな」

正直でもなんでもない言葉だとわかるから——やはり、なにも言えない。

羽村が急に今夜の集まりに誘ってきた理由は、同期の友情が半分あったとしても、残り半分は、グループの中で自分をいちばん弱い立場に置きたくないから、だろう。「こいつをなんとかしてやりたいんだ」という口実をつくりたいのだろう。

ダシにされて、いい気分はしない。だが、再就職のつては一つでも多いほうがありがたい、というのは確かだ。もしも今夜の集まりがきっかけで再就職先が決まれば……そして、そこが横浜にオフィスのある会社だったら……公私ともども、いっぺんに展望がひらけるのだ。

「まあ、みんな会社の中ではエリート街道まっしぐらだから、おまえ一人ぐらい押し込むルートは持ってるはずなんだ。おまけに俺が太鼓判を捺すわけだから、期待してだいじょうぶだと思うぜ」

しゃべりながらフライドポテトの長いやつを選《え》り分けて、煙草を吸うように一本、口にくわえる。

「がんばれよ、勝負だぞ」

「……おまえもな」

「なに言ってんだ、俺はいいんだよ、ほんと、うん、俺はべつにどっちでもいいんだから。いい条件があれば移る、なければ安売りする気はない。それが基本だよ、セルフ・プロデュースもできない奴にモノなんて売れっこないんだから、なあ」

背中を、またドーンと叩かれた。

もしかして、フライドポテトの油で汚れた指先を俺の背広で拭いたのか？　と一瞬思ったが、黙っておいた。

六時半になった。

羽村の仲間は、まだ現れない。

間が持てなくなった裕介は、『ニワトリは一度だけ飛べる』の話をした。

『オズの魔法使い』にイノ部屋のメンバーがなぞらえられ、どうやら裕介は臆病なライオンで、羽村は知恵のないカカシになっているようだと——短気な羽村をカッとさせないように言葉を選んで伝えた。

そのときの羽村の反応は「なんなんだ、それ、わけわかんねえなあ」と怪訝そうに眉をひくつかせるだけだったが、メールの送り主は鎌田や小松原のごく身近にいるらしいと話したら、三杯目のジョッキに伸びかけていた手が止まった。

「マジか？　それ」

「はっきりとはわからないけど……たぶん」

「営業本部の奴か」

「ああ……俺は、そう思うけど」

「誰なんだ？　おまえ見当つかないのか？」

「……ヒントっていうか、昔、俺に親切にされたみたいなんだよな」

「はあ？」

「親切っていうか、なんか、よくわかんないんだけど、俺が勇気を出してそいつを助けたことがあるみたいなんだよなあ」

「なんだよ、それ」

羽村の声がとがった。この話によほど入れ込んでいるのだろう、いらだたしげな舌打ちも加わった。

「だから、俺だってわかんないんだよ」裕介もムッとして言い返す。「社員名簿にもアクセスできなくなってるんだから」

「どういうことだ？」——さらに声がとがって、いらだちを超えた怒気をはらむ。

いきさつを話すと、羽村は喉の奥でうめきながら、ビールを呷《あお》った。怒りが頂点に達し、突き抜けると、逆に啖呵《たんか》が出てこなくなってしまうのだろう。ジョッキをカウンターに打ち付けるように戻し、大きく息をついて、なんとか気を取り直した。

「じゃあ、いいや、ちょっと俺のほうで若いのに調べさせるから」

携帯電話を手に店の外に出る羽村の背中を、裕介はため息交じりに見送った。

『ニワトリは一度だけ飛べる』のメールについて、もう一つ、ほんとうは伝えておくべきことがあった。

メールの送り主は、ときどき予言めいたことを書いている。

昼間、羽村が会社を飛び出した直後に届いたメールの一節が、不吉な予感とともによみがえってくる。

〈カカシはどこにも行けないからカカシなのに〉

羽村が戻ってきた。

思いのほか早く電話が終わった——その意味は、もう、裕介にもわかっている。途中でカウンターに立ち寄って、ウイスキーをワンショット注文した意味も。

羽村は円卓に着くと、まずウイスキーを一口啜って、こわばっていた頬を少しだけゆるめた。

「おっかしいなあ、電源切ってるのかなあ」

つくりものめいた甲高い声で、大げさに首をかしげて、とってつけたように笑う。

以前の部下三人に電話をかけて、三人ともつながらなかった、という。

「あとでまた電話してみるから、ちょっと待っててくれ」と羽村は煙草をくわえた。

先のほうが、かすかに震えていた。


七時を過ぎた。まだ、誰も来ない。いや——「もう」と言い換えたほうがいいんだろうな、と裕介は思う。

羽村の携帯電話に何本かメールが入った。最初は「なにやってんだよ、あのバカ」だの「しょうがねえなあ」だのとつぶやいていた羽村も、やがて無言で画面を閉じるようになった。

八時。十杯目のウイスキーを干した羽村は、円卓に深い頬づえをついて、「なあ、酒井……」と間延びした声で言った。揺れる体を、なんとか頬づえで支えている、そんな感じだ。

「この電話はお受けできません、っての……どういう意味なんだろうな……留守電とか、電波が届かないとか、そういうんじゃないよなあ……」

裕介はなにも答えない。ずっとビールで通していたのを、さっき、羽村に付き合ってウイスキーのストレートに変えた。同期の、せめてものエールのつもりだった。

「やっぱり、アレかな……着信拒否ってやつか？　なあ、俺、着信拒否されてるのかなあ、開発部のガキどもに……まあ、ウチの会社なんてもうどうでもいいんだけど……それにしても、遅いよなあ、みんな、なにやってるんだろうなあ……ほんと、俺が、この俺が、ＦＡ宣言したんだぜ……なにやってんだよ、早く来いっての……」

羽村は円卓に抱きつくように突っ伏してしまった。

一本脚の円卓は、なんとなく、カカシに似ている。

〈カカシはどこにも行けないからカカシなのに〉

メールの言葉が、裕介の頭の中でぐるぐると回りつづける。

3

翌日、羽村は会社を休んだ。

「鬼のカクランってやつですか？」

中川が屈託なく笑うと、江崎は珍しく文庫本から顔を上げ、頬をゆるめて、「昨日のことを気にしてなきゃいいんですけどねえ」と言った。

「……処分、決まったんですか」

裕介の問いを「処分？　なんですか、それ」とかわして、また文庫本に目を戻す。お咎めなしということなのか。それとも、失点を積み重ねていって、言い逃れのできない段階まで来るのを待つのだろうか。

裕介は江崎の隙をうかがって、メールを打った。名前を知らない『ニワトリ』メールの主に、昨夜の羽村の一件をあくまでも「カカシ」の話として、つとめて事務的に伝え、〈彼がいったいどうなってしまうのか、とても心配しています〉と締めくくった。万が一『ニワトリ』メールがトラップだったとしてもだいじょうぶなように、当たり障りのない表現にした、つもりだ。

返事は二、三分で来た。

〈勇気のないライオンさんは、そのぶん優しいんですね〉

書き出しにつづいて、羽村のことは一言だけ。

〈悪い魔法使いは、知恵のないカカシが自滅するのを待つようです〉

やはり、彼――か彼女かはわからないが、メールの主は営業本部の中枢にいるのだろう。

羽村の携帯電話にもメールを送ってみた。慰めや励ましはかえって嫌がるだろうから、〈二日酔いの具合どうだ？〉とだけ訊いたが、午前中いっぱい待っても返事は来なかった。

仲間から見捨てられてがっくりと落ち込んだ羽村の姿は、一晩たっても、まだ記憶にくっきりと残っている。自信のかたまりだけに、ショックも尾を引きそうだ。

しかも、羽村は一人暮らしだった。二十代の半ばに結婚をしたものの、三年か四年で離婚をした。本人は「カミさんより仕事のほうを選んだんだ」と言い張っているが、社内には奥さんが不倫をしたという噂も流れていた。どちらにしても、こんな日に一人きりで家にいるのはキツいだろうな、と思う。

『オズの魔法使い』には、カカシが川の真ん中で取り残されてしまうエピソードがある。川底に突き立てた竿《さお》にしがみついたまま、身動き取れなくなってしまったのだ。

イカダに乗って下流まで流されたドロシーとブリキの木こりと臆病なライオンは、たまたま通りかかった親切なコウノトリに頼んで、カカシを助けてもらう。

これがニワトリだったら話ができすぎだよな。

苦笑したとき、中川の携帯電話の着信音が鳴った。ディスプレイに表示された発信者番号を確かめると、中川は小声で「失礼」と言って、電話を手に廊下に出た。

江崎は文庫本に顔を向けたまま上目づかいで中川の背中を見送り、その目をゆっくりと裕介に向けた。

「酒井くん」

「……はい」

「あなた、ゆうべ羽村くんと一緒だったんでしょう?」

嫌な語尾の上げ方だった。たんに尋ねるだけでなく、すべてわかっているんだぞ、とねちっこい脅しをかけるような。

黙って小さくうなずくと、店の名前もあてられた。

さらに、羽村と裕介がその店に出かけた理由まで――。

「情報をくれる協力者はたくさんいるんですよ。社内にも、社外にも」

「ああ……そうですか」

平静を装ってそっけなく答えた。声が微妙に震えてしまったのが、自分でもわかる。

中川が部屋に戻ってきた。

「すみません、室長……ちょっと、外に出てきます」

笑いながら言った。だが、その声は、裕介のさっきの声よりも、はるかに大きく波打っていた。笑顔も、見るからにこわばって、涙のない泣き顔のほうが近い。

「だめです」

江崎は、ぴしゃりと言った。

「……出張、申請書、出します」

中川の声はさらに激しく揺れた。

「今日は午後から会議をおこないます。外出は控えてください」

江崎はシレッとした顔と声で言う。

中川は口元をひくつかせた。こみあげてくるものを必死にこらえるように、何度か息を詰めた。

「まいったなあ……もう、アポ、入れちゃってるんですよねえ……」

ハハッ、と笑う。か細く、途切れがちの声だ。

「じゃあキャンセルすればいいでしょう？　はい、以上です」

江崎はそう言って、文庫本を一ページめくり、忘れものをふと思いだしたようにつづけた。

「そんなに切羽詰まるのって、中川くん、珍しいですねえ。外出の理由、なんなんですか？　よかったら教えてください。理由しだいでは、こっちもね、考えないわけでもないですし」

「……仕事です」

「具体的には？」

「……ですから……その……社内改革のためのリサーチを……」

声が揺れながら、沈む。イノ部屋に来て、こんなふうに口ごもる中川を見るのは初めてだった。

「三時から会議です。鎌田本部長もお見えになりますから、先日のレポートの評価も、そのときにうかがえるかもしれません。ですから、今日は外出しないでください」

江崎は文庫本をまた一ページめくった。

中川は息を何度も詰めるだけで、なにも言わない。だが、そのまま席につくわけでもない。

「ねえ、中川くん」江崎の声が、ゆるんだ。「ほんとうに仕事なんですか？　もっと別の……もっと大切な用事だったんじゃないんですか？」

さっきと同じように、語尾が嫌な具合に持ち上がる。

「だったら、ちゃんと言ってくれればいいんですよ。こっちも杓子《しゃくし》定規なお役所とは違うんですし」

その一言を聞いて、裕介は思わず声をあげそうになった。遅ればせながら、思いあたった。

あわてて中川を振り向いて、「おい！」と叫んだ。「中川、ここはいいから、おまえ、早く病院に行ってこい！」

美月ちゃんの容態が急変したのかもしれない。

「中川！　早く行け！　なにやってるんだ！」

だが、中川は動かない。こわばった顔で、「指図しないでください」と返す。

「そんなこと言ってる場合か！」

「……よけいなおせっかい、やめてもらえませんか」

椅子に座ってしまった。

どうして――？

どうして、こんなときに、こんなに依怙地《いこじ》になるんだ——?

裕介は机の「島」を回り込んで、中川の席まで駆け寄った。

「なにやってるんだ! 早く行けよ!」

腕をつかもうとしたら、中川はその手を乱暴に振り払い、裕介をにらみつけて「あんたには関係ないでしょう」と言った。「勝手に勘違いして、勝手に大騒ぎしないでください」

裕介は舌打ちして、江崎を振り向いた。

「江崎さん……こいつの外出許可、出してやってください」

「やめてくださいよ」中川が怒気をはらんで言う。「ほっといてください。自分のことは自分でやります」

なぜだ——?

なぜ、ここまで依怙地にならないといけないんだ——?

もどかしさを通り越して、腹立たしさも突き抜けて、むしょうに悲しくなった。

裕介がひるんだ隙をつくように、中川は机の引き出しを開けて、有給休暇の申請書を取り出した。部署と名前を記入し、今日の日付を書き込んで、ネーム印を捺す。文字の線は震え、欄からはみ出したり急に小さくなったりしていた。〈中川〉のハンコも、斜めに曲がった。それでも、「理由」の欄には〈頭痛〉と書き込む。

「室長、これでお願いします。ちょっと急に頭痛がしてきたんで……早退させてください」

江崎は受け取った申請書を目を細めて見つめ、「頭痛ですか」と薄笑いを浮かべた。

「ずいぶん便利なものですね」

「痛みをお見せできないのが残念ですよ」と中川も、こっちは、ほんとうに痛々しいほどのひきつった笑顔で返す。

「はい、じゃあ、まあ、わかりました。どうぞお帰りください」

案外あっさり受け容れたな――と思っていたら、江崎は最後の一言を、ちゃんと用意していた。

「娘さん、お大事に」

中川は無言で部屋を出ていった。

気持ちを落ち着かせるために、じゅうぶんに時間をとった。イノ部屋で江崎と二人きりになるのは、考えてみれば、これが初めてのことだった。

会社から全力疾走で地下鉄の駅まで向かう中川の姿を思い浮かべ、そろそろ電車に乗った頃合いだな、というタイミングで、江崎に声をかけた。

「僕たちのこと、なんでも知ってるんですね」

江崎は黙って聞き流す。

「中川の娘さんのこと……言ってましたよね、さっき。あいつ、会社には一言もしゃべってないはずなんですよ、家のことは。なんで、江崎さんが知ってるんですか」

返事はない。

「ゆうべの羽村のことも、あいつの友だち関係を押さえたんですか？　勉強会のメンバーをスパイみたいに使ってるんですか？」

江崎は腕時計に目をやった。あと十五分ほどで二時――さっきの話がほんとうなら、会議が始まる。

「江崎さん……教えてくださいよ、そんなに大がかりなことまでして、僕たちを辞めさせたいんですか」

江崎は文庫本を読み終えた。本を読了した瞬間を目にするのは、これも考えてみれば初めてのことだった。

「羽村は、まあ、あいつは前の体制でエリートコースだったから、わからないわけじゃないけど……中川は、あいつのこと、そこまで調べなきゃいけないんですか？」

江崎は文庫本をバッグにしまって、やっと裕介に目を向けた。

「酒井くんって、けっこうよくしゃべるんですね」

笑っていた。いつもの冷ややかな薄笑いとは微妙に違う。

「それに、意外と友情にも篤い、と」

「……そんなんじゃないです」

「羽村くんも中川くんも、しかし、アレですねえ、人間はいろいろ屈折してる。みんな病気みたいなもんだ。そう思いませんか?」

「……べつに」

「私ね、定年になったら作家になりたいんですよ。小説を書くんです。こう見えてもね、けっこう自信はあるんですよ。おかげさまで、配送センターで在庫のお守りをしていた頃はたっぷり本が読めましたし、ここに来てからは、ほら、いろんな人間模様が見られますからねえ。ありがたい話ですよ、まったく」

皮肉とも本音ともつかない。いや、そもそも、この男の本音の言葉など、いままで一度も聞いたことがなかったんだ、と気づく。

パソコンにメールが着信した。

『ニワトリ』メールだった。

〈悪い魔法使いの一味が、心をなくした木こりを追いかけていきました。取引が始まります。勇気のないライオンさん、あなたにも。でも、取引の始まりは、旅の始まりでもあります。ドロシーは、もうすぐライオンさんの前に姿を現すはずです〉

メールを閉じると、江崎と目が合った。たまたま視線がぶつかったのではなく、さっきからじっとこっちを見ていた、そんなまなざしだった。

「酒井くん」

「……はい」

「もうすぐ鎌田本部長から、あなたに話があると思います。決して悪い話じゃありませんから、さっきみたいに興奮するんじゃなくて、落ち着いて聞いたほうがいいですよ。これは、私からの親切で申し上げてるんです」

「話って……なんですか？」

江崎はすっと目をそらして、バッグから新しい文庫本を取り出した。

「詳しい話は、本部長から聞いてください」

本を開く。いつものように書店のカバーの掛かった、分厚い本だ。その厚みを味わうようにぱらぱらとページをめくって、ふふっ、と笑う。もう、いままでと同じ、冷ややかな薄笑いに戻っていた。


午後二時少し前に、江崎の席の電話が鳴った。内線の断続音だった。

電話に出た江崎は、イノ部屋にいるのが裕介だけだと告げ、羽村の無断欠勤と中川の早退を——羽村は風邪、中川は頭痛という名目で、伝えた。あとは、「はい」「かしこまりました」が数回繰り返され、通話は終わった。

受話器を置いた江崎は、「本部長がもうすぐいらっしゃいます」と言って、文庫本を手に席を立った。

「私は外に出てますので」

「……会議じゃないんですか?」

「本部長は、酒井くんと、ゆっくりお話がしたいとおっしゃってます」

そのまま部屋を出ていきかけた江崎を「ちょっと待ってください」と呼び止めた裕介は、ためらいを振り払って、言った。

「取引、ですか?」

江崎は「詳しい話は本部長がなさいますから」とだけ返して、ドアの向こうに姿を消した。だが、答える直前、江崎の肩がギクッと揺れたのを、裕介は確かに見た。

あたり――だ。

ということは、『ニワトリ』メールにあった、〈ドロシーは、もうすぐライオンさんの前に姿を現すはずです〉も、きっと……。

午後二時ちょうど、イノ部屋のドアがノックされた。

裕介が返事をする間もなく、ドアが開き、鎌田が入ってきた。

その後ろに付き従って、女性秘書がいる。見覚えがあるような、ないような、たしか小松原と同じように、鎌田が前の会社から連れてきたスタッフだ。

鎌田は「おひさしぶり」と笑って、江崎の席に座った。

秘書は鎌田の斜め後ろに、すっと背筋を伸ばして立っていた。

彼女が、ドロシーなのか？

胸の中のつぶやきが届いたように、秘書は裕介をちらりと見て、小さく口を動かした。

ら、い、お、ん、さ、ん――。

4

ヨコハマ――とっさに言われたせいで、一瞬、「横浜」にはつながらなかった。

だが、鎌田が口にしたのは確かに「横浜」だった。

「横浜に出張所をつくろうかと思ってるんですよ」

鎌田はそう言って、江崎室長の席から身を乗り出して裕介を見た。

女性秘書は黙って、鎌田の斜め後ろに立っていた。もう裕介のほうには目を向けず、口をそっと動かしてメッセージを伝えることもない。

「……横浜ですか」

裕介は慎重に、鎌田の表情をうかがいながら訊いた。

「そう、横浜、です」

鎌田はゆっくりとした口調で繰り返す。「悪くない話だと思いませんか?」と付け加えて、にやり、と笑った。

背筋が不意にこわばった。

この男は、俺の家庭のことも調べあげている――。

「出張所といっても、このご時世ですからね、何人もスタッフを常駐させるのは難しいんです。当面のうちは営業から一人行ってもらうことになるんですけどね。ほら、営業をだいぶスリムにしちゃったでしょう。どんなにしても横浜行きのスタッフが出せない状況なんですよ」

鎌田は、今度は一息に言った。

背筋のこわばりは、首筋にまで伝わった。

「酒井くん」――口調が変わった。遊んでいたネジをぎゅっと締めるように。

「横浜勤務の候補の一人にしようと思ってるんです、あなたを。候補というか、わたくし個人としては、あなたさえ『うん』と言ってくれれば、それで決まり、の話にしたいんですがね」

念願の横浜勤務。それ以前に、念願のイノ部屋脱出である。

だが、希望の光が射したという喜びはない。むしろ逆。暗闇のなか、後戻りできない袋小路に追い詰められていくような気がする。

鎌田は横浜出張所の場所についても話した。市内の中心部ではなかった――「だってそうでしょう、横浜の駅前やなんかだったら、本社からフットワークよく通えばそれですむわけですから」。オフィスをかまえるのは、横浜郊外の、交通が不便なぶん土地に余裕があり、大規模な病院施設や大学のキャンパスや老人介護施設が近年次々に建設されている地域だった。

「相模ヶ丘《さがみがおか》駅ってご存じですか？」

鎌田はそう訊いたあと、反応を探るように裕介を見た。裕介が無言でうなずくと、わずかに頬をゆるめてつづけた。

「とりあえず駅前のウィークリーマンションを半年ほど借りて、見通しが立ちそうなら、ちゃんとオフィスを持つ予定です」

裕介は横浜近郊の交通路線図を思い描いた。相模ヶ丘駅から麻美の実家までは、バスと電車で一時間ほどだろう。車を使えばもっと早いかもしれない。じゅうぶんに通勤圏だ。

しかし、裕介は知っている。相模ヶ丘駅ともっと縁の深い人物が、いる。相模ヶ丘駅に通勤することになれば、裕介よりももっと助かる男が、一人、いる。

鎌田の話が途切れた隙に、裕介は女性秘書をちらりと見た。彼女はすまし顔でそっぽを向いている。もう、なにもサインを送ってくれない。

しかたなく、鎌田に向き直った。

「……本部長」

「うん？」

「中川くんには、小松原さんからどんな話が行ってるんですか？」

「さあ、どうでしょうねえ」

とぼけて笑いながら、スーツの内ポケットからシガレットケースを取り出した。ああそうか、ここは禁煙か、とひとりごちて、それでもかまわず煙草をくわえる。

女性秘書がすばやく、無言で、携帯用の灰皿を差し出した。

鎌田が煙草に火を点《つ》け、煙を吐き出すのを待って、裕介はつづける。

「ひょっとして、中川くんにもいまの話、おっしゃってるんですか？」

確信はなかった。できればはずれていてほしい、という予感でもあった。相模ヶ丘駅は、中川の娘の入院している武蔵野医大付属病院の最寄り駅と同じ路線――ほんの三駅、先にあるだけだ。

鎌田は、ほう、というふうに細おもての顔を少し丸くした。

「酒井くん、あなた意外と勘がいいんですね」

「……どういうことなんですか、いったい」

「仕事に張り合いを持たせてあげようと思っただけですよ。酒井くんも営業にいた頃は係長だったんですから、部下を活性化させる条件ぐらいわかってるでしょう？」

裕介はなにも答えなかったが、鎌田は「わかりませんか、じゃあ教えて差し上げましょう」と勝手に話を先に進めた。

「一つは、なしとげた成果に対する報酬です。あなたと中川くんの場合は横浜勤務ってことですね。馬とニンジンのたとえで言うなら、やっぱりニンジンは美味《おい》しくないとねえ」

二つ目は、がんばらなければクリアできない、しかしがんばれば実現可能な目標設定。「要するに、馬の口からニンジンまでの距離です。そこの調節が難しいんですよ」と鎌田は言って、具体的な目標についてはなにも教えないまま、話を三つ目の条件に移した。

「競争意識を持たせることです。馬は一頭で走るより、二頭で競い合ったほうがよく走る。人間だって同じでしょう？」

「それが……中川くんと僕なんですか……」

「彼はなかなか優秀ですからね、相手にとって不足はないでしょう」

鎌田は口をすぼめ、煙草の煙を気持ちよさそうに吐き出した。香料が入っているのか、ひどく甘ったるい煙だった。

「……調べたんですか、あいつの家のことも、僕の家のことも」

「だって、あいつも、僕も、家庭のことなんか会社では一言も言ってないんですよ」

「家庭のことって、なにかあったんですか？　あなたたち」

薄笑いが浮かぶ。同じ席に座っているぶん、はっきりわかる。江崎の薄笑いは、鎌田と比べると、まだ人間味が残っている。江崎の薄笑いが氷のような冷たさだとするなら、鎌田のそれには氷の水気すらない。

金属だ、と思った。この男の心は金属でできているんじゃないか？

裕介はひるみそうになる自分を必死に奮い立たせて、つづけた。

「興信所かなにかを使ったんですか。それとも、家の電話を盗聴したんですか」

「人聞きの悪いことを言わないでくださいよ。そんなことを会社がしたら、あなた……」

怒鳴り声をあげたいのをこらえて、「じゃあ、なんで横浜なんですか」と訊いた。

「勘違いするな」

ぴしゃりと言われた。揺れながら漂っていた煙草の煙が、一瞬、動きを止めたようにも見えた。

「横浜圏で需要を拡大するのは、ビジネスの要請だ。それ以上でも、それ以下でもない。きみはこの世界で何年飯を食ってるんだ」

口調も、言葉づかいも変わった。薄笑いを浮かべてしゃべるときとは別の種類の怖さが、ある。

返す言葉に詰まってしまった。視線の逃げ場所が欲しくて、女性秘書を見た。目が合った。含み笑いを浮かべていた。裕介がそれに気づいたのを確かめると、いたずらっぽく、知ーらない、というふうに、またそっぽを向く。

その直後、メールが着信した。

ふだん上司と話しているときにはメールが来ても無視する裕介だが、鎌田が煙草の灰を灰皿に捨てる隙をついて、ファイルを開いた。

〈ライオンさん、がんばれ〉

件名を見たとき、思わず「なんでだよ」と声をあげそうになった。

『ニワトリ』メールの主は、いま、この部屋にいる彼女じゃなかったのか――?

「どうしました？」と鎌田が訊く。

「いえ……あの、すみません、ちょっとメールが突然入ったものでして……」

「メールっていうのは、たいがい突然届くものじゃないんですか？」

「……はい」

「ま、いいですよ、お読みなさい」

鎌田は鷹揚《おうよう》に言って、煙草をくゆらせる。

その背後で、女性秘書がまたこっちを向いた。

らっ、きー。

口が動く。ラッキー。確かに、その形に動いた。

彼女は書類の入ったファイルとともに持っていた携帯端末を、そっと裕介に見せた。

この部屋から、いま、メールを送ったのか？

裕介はメールの本文を開いた。間違いない、『ニワトリ』メールは、いま目の前にいる彼女が送ったものだった。


〈勇気のないライオンさん。思いがけない話にびっくりしてるでしょ？

この魔法使いは、オズの魔法使いです。ドロシーや仲間たちの願いを聞き入れてくれる、あのおじいさん。

でも、お話の中の魔法使いは、じつは魔法使いとしては二流でしたが、こっちの魔法使いは掛け値なしに強い力を持っています。そして、力を持っているぶん、お話の中の魔法使いのようなお人好しではありません。

気をつけて。

もうすぐ取引が始まります。

慎重に答えてください。

でも、最初から臆病になって逃げ出さないでください〉

パソコンの画面から顔を上げると、それを待ちかまえていたように、鎌田は言った。

「横浜勤務、受ける気持ちはありますか？」

麻美と子どもたちの顔が浮かんだ。子どもたちは屈託なく笑っているが、麻美はぐったりと疲れている。

裕介は黙って、小さくうなずいた。

鎌田は煙草を灰皿に捨てた。

「条件があります」

「……はい」

「同じ条件は、いまごろ、小松原くんが中川くんにも伝えていると思います。まあ、身も蓋もなく言えば、あなたと中川くんの二人で一つの椅子を競い合うという感じですかね」

羽村の名前は出てこなかった。

「わたくしとしては、どちらが横浜に行ってもいいんです。もちろん、このまま二人ともイノ部屋にいてくれたってかまいませんし……」

社員の隠語のはずの「イノ部屋」の名前も、この男は知っている。

「二人揃って辞めてもらっても、まったくかまいません」

裕介は唇を嚙んだ。

与えられる条件は、まっとうなビジネスの話ではないのだろう、どうせ。まわりくどく前置きを重ねられるのが嫌なので、こっちから「条件ってなんですか?」と訊いた。

鎌田は落ち着きはらって、「やってほしい仕事があります」と言った。「中川くんとあなたの、どちらか先に成果をあげたほうに、横浜に行ってもらおうと思ってます」

一呼吸おいて、羽村の名前が出た。

「羽村くんはいけませんね、彼にはほんとうに困ってるんです。どうもね、人事異動を逆恨みしちゃって、業界紙だのなんだのに、いろいろ接触してるみたいなんですよ。社の利益に反することを社員がやってはいけません。そうでしょう?」

しかたなく、黙ってうなずいた。

「はっきり言えば、裏切り者ですよ。そうでしょう？」

うなずくのは嫌だったが、鎌田と正面から向き合うのもキツくて、うつむいた。

「彼が逆恨みのあまり、我が社のあることないことをふれまわって、万が一それが大きな問題になっちゃったら、われわれ一般の社員がいちばん迷惑しちゃうんですよ。そうでしょう？」

なにが「われわれ一般の社員」だよ、と言い返したかったが、もちろん、そんなことを言えるわけもなかった。

「酒井くん、わたくしの言ってること間違ってますか？　間違っているのならご教示いただきたいのですがねえ」

沈黙するしかない。「ご批判がないということは、あなたもわたくしと同じ考えを持っているわけなんですね？」と言われても、へたな反論やごまかしは、かえって墓穴を掘ってしまうだけだろう。

「このままではいけない、あなたもそう思っているわけですよね。違いますか？　そうでしょう？」

こんなふうに自分の主張を押し込むように相手の言質《げんち》をとり、逃げ道をふさいでいく。これが鎌田の怖さなんだ、とあらためて噛みしめた。

「羽村くんはガン細胞です」

きっぱりと言い切った。「このまま会社に残しておくと、ガンはどんどん転移して、手遅れになってしまいます」とつづけ、「ガンというのはそういうものでしょう?」と裕介に訊く。話をガンにすり替えてから同意を求めるところが、ずるい。

「ガンは早いうちに取り除かなければならない。あたりまえのことですよね。そのためには、さまざまな、体のちょっとした異変でも知っておく必要があります。ガンというのは自覚症状が出てからじゃ遅いって言うでしょう?」

あくまでも——ガンの話、なのだ。

「なんでもいいんです、ちょっとおかしいなということがあったら、教えてもらえませんか。会社にとってより有益な情報を、より迅速に伝えてくれれば、こちらもそれなりに報います。そういうことなんですよ、あなたにお願いしたいのは」

「……羽村を監視するんですか」

「解釈はご自由に。わたくしは、羽村くんにかぎらず、会社に不利益をもたらしかねない存在には常に憂慮していますから」

「でも……それ、スパイじゃないですか……」

「心ある社員からの内部告発がなければ闇に葬られていた企業の不祥事は、山ほどあるでしょう？　わたくしは、あなたを、心ある社員の一人だと見込んでるんですよ」

裕介はうつむいて——いや、うなだれて、膝小僧をぎゅっと握りしめた。『オズの魔法使い』を思いだす。ドロシーたちは皆、魔法使いによって家に帰ることができたり望む暮らしを送れたりした。だが、もしも魔法使いが「お互いに殺し合いなさい。そうすれば望みはかないます」と言ったら……ドロシーたちはどうしただろう。

鎌田の携帯電話が鳴った。

短いやり取りの電話が終わると、鎌田は薄笑いを浮かべて裕介に言った。

「小松原くんからの報告です。中川くん、心ある社員の一人になると言ってくれましたよ」

第四章

1

義父は予想していた以上に疲れていた。

「ああ、よく来たな」と裕介たちを玄関で出迎えた顔も、声も、「裕介くん、ビールぐらいだいじょうぶだろう」と冷蔵庫のドアを開けるしぐさも……とにかく、すべてが疲れきっている。

義母が元気だった頃は家に駆け込むなり「おじいちゃん、畑に行こっ！」とまとわりつくのが常だった俊樹も、無精ひげのまばらに生えたおじいちゃんの顔を見ると急に元気をなくしてしまい、裕介の背中に隠れるように、小さな声で「こんにちは」と挨拶するだけだった。たとえ俊樹が気兼ねをしなかったとしても、義父が丹精している庭の菜園は雑草だらけで、とても収穫を愉しめるようなありさまではなかった。立ち枯れてしなびたナスのトゲが指に刺さってしまうのがオチだろう。

麻美の実家を訪ねるのは夏休み以来だった。ほんの二カ月たらずで、数年ぶん、いや十年ぶん近く年老いてしまったように見える。言葉すら満足に発せられない義母が隣にいなければ、「あれ？　脳梗塞で倒れたのって、ダンナさんのほうでしたっけ？」と勘違いされてしまいそうだ。

「……今日は、俊ちゃん一人なのか」

居間に座ると、義父が訊いた。

「そうなの」麻美が答える。「卓也、今日、野球部の練習があるから」

小さな嘘をついた。卓也は「行きたくない」と言ったのだ。「見たくない」とも言ったのだ。「おばあちゃんのあーゆーの見たら、こっちまでアオ入っちゃうじゃん」――憂鬱のブルー、ブルーを訳して青。麻美は横浜に向かう車の中でも「なに、あの言い方」とぷんぷん怒っていたが、まわりくどくてとぼけた言い方が、裕介には、ほんのわずかな救いのようにも感じられたのだ。

たのだという。

義母は奥の部屋で眠っている。最近、とろとろと一日中うたた寝をすることが増えたのだという。

医者からは毎日リハビリをつづけるよう言われているが、義父一人では体を支えるのも難しい。昨日も、路上で二人してもつれあうように転びそうになったらしい。

「ちょっとやだ、気をつけてよ。これでお父さんまでケガしちゃったら大変じゃない」

「……だいじょうぶだ」

「なに言ってんのよ。一人で無理しても、結局、なにかあったらこっちにかかってくるんだから」

言い方はキツい。だが、麻美の顔はいまにも泣きだしそうにゆがんだ。悲しみというより、どうにもならないやるせなさが、にじむ。

裕介は義父からも麻美からも目をそらして、居間の隣のダイニングキッチンをぼんやりと眺めた。流し台に、コンビニの弁当の空容器がいくつも積んである。七十歳を過ぎた老夫婦だ。コンビニの油っこい弁当は持て余してしまうだろう。自分で料理ぐらいつくればいいのに――東京の我が家で麻美から話を聞いているときにはそう思っても、くたびれはてた義父と向き合っていると、やはり、なにも言えない。

「じゃあ、先に買い物すませちゃうね」

麻美はお茶を一杯飲む間もなく立ち上がった。「俊ちゃん、行く？」と声をかけると、ゲームボーイで遊んでいた俊樹は、ちょっとほっとしたように「行くーっ」と言った。

「お父さん、お刺身でも買っとこうか？」

義父はビールを舐《な》めるように一口飲んで、「いや、いいよ」とかぶりを振った。

「買っといて冷凍しとけばいいんだから」

「どうせ食べないし……いいよ。俊ちゃんにお菓子でも買ってやってくれ。ウチには甘いもの、なにもないから」

ほんのそれだけの受け答えで、義父はさらに疲れてしまったように、深いため息をついた。

まいったな、と裕介も心の中でため息をつく。義父と二人で過ごさなければならない小一時間の空気の重さが、すでに両肩にじわじわとのしかかっている。

麻美と俊樹が出ていくと、裕介も「庭の掃除でもしましょうか」と腰を浮かせた。

だが、義父は「いいよいいよ、それはおいおいやっていくから」と、ビールの缶を裕介のグラスの上に掲げた。「もうちょっといいだろ。帰りは麻美に運転させてもいいんだし」

「はあ……」

しかたなく座り直し、義父の注《つ》ぐビールを肩をすぼめて受けた。

「いろいろと裕介くんや子どもたちにも迷惑かけちゃって、悪いなあ」

「いえ、そんな……」

ビールを注ぎ返す。まだ二口三口しか飲んでいないのに、義父は頬を赤くしている。

酒がずいぶん弱くなった。

「仕事のほうはどうだ？」

「ええ、まあ、ぼちぼちです」

「コイズミもなあ、言うことだけは言うんだけど、結果がなあ……タケナカと心中するのかなあ、やっぱり」

「どうでしょうかねえ……」

「野菜のほうはどうなのかな」

「は？」

「ほら、中国産の野菜の残留農薬だよ、あの問題、きみの会社にとっても他人事《ひとごと》じゃないだろう」

「ええ……まあ……」

義父は、もちろん、裕介がイノ部屋送りになったことを知らない。

そして、定年退職して十年以上になるというのに、裕介と二人になると、いつも政治や経済の話を切りだしてくる。世界中を飛び回っていた商社マン時代が忘れられないのだろう。仕事一筋──「父親としても夫としても失格だったと思うけどね」と麻美はいつか言っていた。仕事はそこそこなして、プライベートも楽しんで、という裕介の考え方を不甲斐《ふがい》なく思っていることも、なんとなく、わかる。

「アメリカも、しかし、あれだな、ブッシュが好き放題やってるからなあ。あれじゃ共和党の一党独裁になっちゃうだろう」

話がすぐに飛ぶ。

「このままなら、あと一つか二つは銀行もつぶれるだろう。きみの会社のメインバンクはどこなんだ？　貸し渋りも、もう中小だけの話じゃなくなってるからなあ」

あわれだ、と思う。

営業の最前線にいた頃は、たまに義父と会うたびに、なんの意味もない世相巷談《こうだん》がうっとうしかった。

だが、いまは、同じあわれみでも、冷ややかな笑いより、深いため息のほうが似合う。

義父がこのまま年老いて惚《ほ》けてしまったら、こんな益体《やくたい》もない話ばかりを延々とつづけるのだろうか。

いや、義母が倒れてからの様子を見ていると、義父はあんがい早く逝ってしまうかもしれない。義母が一人で遺されたら……そのほうがかえって踏ん切りがつくのかもな、と思い、そんな思いをめぐらせてしまう自分が少し嫌になった。

昨日——金曜日の夕方、『ニワトリ』メールが届いたのだ。

〈勇気のないライオンさん。さっきまで魔法使いたちが楽しそうに密談していました。心をなくしたブリキの木こりにつづいて、勇気のないライオンまで仲間に引き込んだ——ほんとうにうれしそうでしたよ、魔法使いたちは。

「引き受けると答えたわけじゃないんだ」と、あなたは言うでしょうか。

確かに、あなたは「引き受ける」とは言いませんでした。でも、「引き受けない」と断ったわけでもない。魔法使いは巧妙です。いくらでも自分たちに都合のいいように沈黙をねじ曲げてしまいます。

ブリキの木こりは、何日も前から魔法使いに話を持ちかけられていました。木こりもライオンさんと同じように「やります」とは言わなかった代わりに、「嫌です」とも言いませんでした。沈黙はジョーカーです。魔法使いはそのジョーカーを捨てずに、使わずに、ずっと持っていました。そして昨日、木こりの娘さんの容態が悪化したのを知って（命に別状なくてなによりでした）、病院に駆けつけ（信じられない！）、ジョーカーを差し出したのでした。

わたしは、木こりさんを責めるつもりはありません。ライオンさんがきっぱりと断らないことも、わたしにとやかく言う資格はないと思っています。人間には、みんな事情がある。理屈で言う正義や道徳というのは、背負うものがなにもない、まっさらな赤ちゃんにしか、ほんとうは通用しないものなのかもしれません。

でも、忘れないでください。

ニワトリは従順で無力な生き物の象徴のようなものです。

そんなニワトリでも、一度だけ、飛べる。

『オズの魔法使い』で、勇気のなかったライオンが初めて勇気をふるったときのことを覚えていますか？

崖を跳ぶのです。

助走もなく。

「ライオンには助走なんか要らないんだ」とライオンさんは自慢してたんじゃなかったっけ?〉

金曜日のイノ部屋は静かだった。

羽村は木曜日につづいて会社を休んだし、中川も睡眠不足の目をしょぼつかせながら、口数は少なかった。娘の容態についても、一言も話さない。裕介も訊かない。心配ではあったが、へたに訊いてまた逆上されてもつまらないし、会社に来ているということは、とりあえず最悪の事態ではないんだと解釈して、淡々と、黙々と仕事をこなした。

『ニワトリ』メールの言うとおりだった。鎌田からは「もし断るんでしたら、私に直接言ってきてください」と言われていたが、結局、営業本部のフロアへは向かわなかった。

沈黙は、鎌田の狙いどおり——それくらい、『ニワトリ』メールに言われなくてもわかっていたのだが。

仕事の途中で、何度か中川と目が合ったが、そのたびに、すっと目をそらされてしまった。鎌田や小松原は、どうせ「酒井くんにも同じように話してますから」と言っているのだろう。

中川にとっての裕介は、そして裕介が「その気」になったときの中川は、たった一枚の横浜行きの切符を争う相手なのだ。心をなくしたブリキの木こりと、勇気のないライオンは、闘うと、どちらが強いのだろう……。

麻美と俊樹は、なかなか帰ってこなかった。

義父はぽつりぽつりと、しかし沈黙が長くつづくのを恐れるように、ほとんど一人で話しつづけた。

話題は、義父の現役時代の思い出話になった。一ドル三百六十円の時代から、オイルショック、円高不況、ビジネスマン人生の晩年に訪れたバブル景気……。

「バブルは、僕らにとっては最後のボーナスみたいなものだったのかもしれないなあ。高度成長期の頃から働いて働いて、働き抜いて、ハンコを捺せる立場まで叩き上げてきたところにバブルだろう？　いろんな企業でトップが暴走したのも、わからないでもないなあ。やっぱり、ものごころついた頃から戦争だの終戦だので貧乏ばかりだっただろう？　最後の最後にご褒美をもらって贅沢できるようになったんだから」

ビールを飲むピッチが少し速くなった。口調もなめらかになり、ほろ酔いのせいもあるのか、顔にも生気が戻ってきた。

だが、義父が振り返るのは、すでに裕介が何度も聞かされた話ばかりだった。仕事の思い出は、もう決して増えることはない。

義父の時の流れは止まってしまったのだ。

もちろん、仕事からリタイアしても、人生の時は流れつづける。

居間の隅に置いてあるチャイムが鳴った。奥の和室から、義母が呼んだのだ。

「……起きたみたいだな」

義父はつぶやいて、「よっこらしょ」と立ち上がる。さっきまでの上機嫌な笑みが消えた。

「なにか手伝いましょうか?」と腰を浮かせた裕介を制して、「たぶんトイレだから」と寂しそうに笑う。

廊下の軋《きし》む音を、裕介は居間に残って、ぼんやりと聞いた。築三十年になる古い家だ。義父の現役時代、麻美の一家は都心にほど近い街に暮らしていた。定年退職を機に、「緑の多いところで老後を過ごしたい」と義父が言いだして、横浜郊外の中古の一戸建てに住み替えたのだ。

いままでの家に住んでいてくれれば、たとえ二世帯住宅に建て替えたとしても、じゅうぶん都心のオフィスまで通えた。義母の通院や介護も、いまよりはずっと便利だったはずだ。

緑豊かな郊外で、家庭菜園でも営みながら、のんびりと老後を過ごす――。

決して悪い考えではない。

だが、義父は忘れていたのだろうか。いずれ自分も妻も年老いて、体を思いどおりに動かせなくなってしまう、ということを。

トイレのドアを開け閉めする音が聞こえる。義母は最近、夜はオムツをつけて寝ているのだという。

グラスに残ったビールを飲んだ。

「支えてるから、だいじょうぶ、だいじょうぶだって」と義父が言う。

バリアフリーの発想などほとんどなかった頃に建てられた、細かな段差の多い家だ。水回りの調子も悪い。

いまはリフォームでも、けっこう大きく変えられるんだよなあ……。

声に出さずにつぶやいて、やっぱり二世帯住宅だよなあ、と胸のもっと奥のほうでつづけた。

この家を売って、いまの俺たちのマンションも売って、中古でいいから二世帯住宅を……。

無理だよな、とビールを飲む。

「どうにもならないよなあ……」

今度は、わざと声に出してつぶやいた。

沈黙はジョーカーだと『ニワトリ』メールは言っていた。鎌田はジョーカーをいつ使ってくるのだろう。

廊下から、義父と義母の話し声が聞こえる。義父はなにかきつく叱っているようだった。体が思うようにならないいらだちもあるのか、倒れてからの義母は急にわがままになった。麻美も日帰りで介護に行くたびに、うんざりしてしまうのだという。

いまなら——。

いま、後ろから肩をぽんと叩かれて、「酒井くん、木曜日の話、よろしくお願いしますね」と鎌田に言われたら、沈黙から一歩進んで、うなずいてしまうかもしれない。

「よいしょ、よいしょ」

トイレから部屋に戻っているのだろう、義父が義母の肩を抱きながら、励ましているようだ。

「よいしょ、よいしょ、あとちょっと、よいしょ、よいしょ……」

裕介はテーブルの上の空き缶を黙って握りつぶした。

2

月曜日、羽村はひさしぶりに出社した。「まいったよ、風邪ひいちゃって」——先週の気まずさを振り払うように、意味なく「下痢ピーだったんだ、もう最悪だったよ」と笑う。鎌田が中川と裕介に持ちかけた取引については、もちろん、まだなにも知らないはずだ。

「羽村先輩」

中川が、微笑み交じりに言った。

「うん？」と羽村が振り向くと、笑みをさらに深めて、一言——。

「再就職先、決まりました？」

羽村より、裕介のほうが驚いて身をこわばらせた。

「……なに言ってんだ、おまえ」

羽村は首をかしげ、「わけわかんねえな」と顔の向きを元に戻した。笑ってはいない。つくり笑いを浮かべる余裕すらなかったのか、にべもなく返すことで余裕を見せようとしたのか、よくわからない。

中川も、なるほどね、というふうに軽くうなずいて、それ以上はなにも言わなかった。

江崎室長はいつもどおり文庫本に読みふけり、羽村、中川、そして裕介、三人とも黙りこくって、与えられた仕事を機械的にこなしていった。

週末の休みを挟んだわりには、作業のペースはなかなかのものだった。ブラインドタッチ、少しは上手くなったのかな、と裕介は微妙なくすぐったさに背中をもぞもぞさせた。

名簿の入力は、あらためて考えるまでもなく、面白みのかけらもない仕事だ。それでも一週間以上つづけていると、なんとなくこの仕事に愛着が湧いてくる。不思議というか、皮肉というか、あまりに従順すぎるところが我ながら情けないというか、いやいや我ながらたくましい順応性じゃないかと感心すべきなのかどうか……とにかく、最初の二、三日のような、うんざりした思いは、いまは、ない。

「あなたには、今後ともこの仕事しか与えません。その代わり、これをつつがなくこなしているかぎりは、定年を迎えるまで、決してあなたをリストラ解雇などはいたしません」――もしも鎌田がそういう取引を持ちかけていたなら、営業の仕事に未練を残しながらも、あんがいあっさりとうなずいていたような気もする。

結局、仕事の内容なんてどうでもいいってことなのかな。

心の中でつぶやいて、さすがにこれは自分でも情けなくなった。

羽村の様子を盗み見る。むすっと押し黙ったまま仕事をつづけているが、いまにもカンシャクを起こしそうな一触即発の気配はない。会社を休んでいる間に気持ちの整理をつけたのか、それとも転職先の目処がついたのか、あるいは、鎌田が心配しているとおり、現経営陣の弱みを握ったのか……。

中川にそっと目を移した。キーボードを打ちながら、ときどき頬をゆるめたり小首をかしげたりしている。そこまではいつもどおりでも、「ねえねえ、この名前、おかしいですねえ」「この住所、なんて読むんでしょうね」と軽口を叩くことはない。なにを考えているのか、娘の容態はどうなったのか、まるでわからない。鎌田との取引にどんな思いで応じたのか、そして、それをいつ、どういう形で実行に移すのか……。

ついでに、江崎の様子も確かめてみることにした。どうせ読書に夢中なんだろう、と軽い気持ちで――無防備にまなざしを向けると、目が合った。江崎は文庫本を開いたまま、上目遣いにこっちを見ていたのだ。

江崎はすぐに目をそらした。出会い頭にぶつかりかけて「失礼」と身をかわすときのように、妙にひるんだそぶりだった。

「あの……」裕介は思わず訊いた。「なにか?」

「あ、いや、は? どうかしました?」

聞き返す声もしぐさも、落ち着きをなくした視線も、いつもの江崎とは違う。昔の、なにをやらせても無能だった頃の江崎に戻っている。

訝しさ半分、よくはわからないが、なんだかチャンスみたいだぞ、という色気半分で、裕介はつづける。

「いま、室長、こっち見てましたよね」

「いえ、そんなことは……」

「だって、目が合ったじゃないですか」

羽村と中川も顔を上げた。

江崎は困惑したまま、いいえ、いいえ、と首を横に振る。

きょとんとしていた羽村は、おっ、という顔で裕介を見た。悪くない展開だ。ずっと大阪にいた中川はともかく、羽村にはそれがわかっているはずだ。

倉庫勤務の頃の江崎は、アクシデントに極端に弱かった。自分の決めた段取り——

たいがい見通しの甘すぎる段取りが崩れたら、とたんに狼狽してしまう。ましてや、それが自分のミスや不手際から引き起こされたアクシデントのときは、気の利いた言い訳ひとつ満足に言えず、ひたすら謝るほどの潔さもなく、ただおろおろと困惑するだけだったのだ。

「室長、ひとつおうかがいしたいことがあるんですよ」

裕介は言った。営業部時代に倉庫にクレームの電話をかけていたときの口調が、ひさしぶりによみがえった。

「……なんですか？」

そうそう、こうなんだ、こんなふうにこいつはビビりながら訊いてくるんだ、と思いだす。

「室長は、なんでイノ部屋に来たんですか？」

「それは……人事ですから、私はどうこう言える立場じゃないですから……」

「じゃあ、なんで自分がイノ部屋に異動になったんだと思います？　なにか見当はついてるんですか？」

江崎が「勤務中ですから、私語は慎んでくれませんか」と逃げようとすると、すかさず羽村が「だったら、あんたも本なんて読むんじゃねえよ」と、この日初めて、すごんだ。

江崎はあわてて、読みかけの文庫本を閉じた。

指が滑り、書店のカバーから本がするりと抜け落ちて、机に落ちた。

裕介は本にかまわず話を先に進めようとしたが、羽村は「あんた、いつもなに読んでるんだよ」と本を覗き込んで──「あれぇ？」と甲高い声をあげて、裕介を振り向いた。

「なあ……酒井、おまえ、こないだ変なこと言ってたよな。ニワトリだかスズメだか、わけのわかんないメールのこと」

裕介は黙ってうなずいた。

「そのメールに出てきた童話って、なんだっけ」

「童話じゃないけど」

「どうでもいいんだよ、呼び方なんて。とにかく、ほら、小説っていうか、絵本っていうか、なんか言ってただろ、おまえ……」

『オズの魔法使い』──答える前に、腰を浮かせた裕介も、江崎が落とした本を見た。

あわてふためいた江崎が本を両手で覆い隠す前に、表紙の文字を、確かに見た。

はじかれたように顔を上げた。

羽村が「これだよな？」と訊いてきたが、その前に江崎をじっと見据えた。

「……どういうことですか？」

返事はない。江崎は本を両手で押さえたまま手元に引き寄せて、「仕事してくださ
い」とうめくように言うだけだった。

「江崎さん、教えてください、なんでこの本を読んでるんですか？」

「仕事してください、仕事！」

「『ニワトリ』のこと、なにか知ってるんですか？」

「仕事！　仕事しないと、本部長に報告しますよ！　仕事です、仕事！」

「江崎さん……お願いします、教えてください」

裕介は椅子を引き、江崎の席に向かった。

そのときだった。

メールの着信音が、ほんのわずかずれて、二つ、聞こえた。

中川と裕介のパソコン――羽村のパソコンは鳴らなかった。

着信音に気を取られた隙に、江崎は『オズの魔法使い』の文庫本を鷲掴みにして席
を立ち、部屋を出て行った。

「おい！　ちょっと待てよ、逃げんなよ！」

羽村はあとを追ってダッシュする。

だが――。

「やめといたほうがいいですよ」

中川が言った。

パソコンの画面を見つめたまま、だった。

「ここで騒ぎを起こすと、羽村先輩、ほんとに懲戒解雇ですよ」

強い声。パソコンをにらむように、顔つきも険しくなった。

羽村は憤然として、それでも中川の言葉にしたがって席に戻った。

裕介も自分の席について、着信したメールを開く。

差出人の欄には、鎌田の名前が記されていた。

〈羽村が接触している業界紙の記者を特定せよ〉

CCメールだった。中川にも同時送信したということを隠していない。当然、中川も、裕介が同じメールを受け取ったことを知っている。ということは、裕介が取引に応じたのだと、中川に知られたわけで……。

ちょっと待てよ、おい！

俺は「やる」なんて言ってないじゃないかよ！

顔から血の気がひいた。声にならなかった叫びが、頭の中でガンガン響いた。

「よお、酒井。メール、誰からだった？」

羽村に訊かれ、答えに窮してしまった裕介は、「いや、まあ……」と、さっきの江崎のように狼狽して、目を伏せる。

「社内メールだろ、あの着信音」

「……そう、みたい、だけど」

「中川もいま受けたよな？　よお、中川、誰からなんだ？　なんで俺にだけメールが来ないんだ？」

中川は、裕介とは対照的に落ち着きはらっていた。画面を見つめる険しい顔もゆるみ、薄笑いさえ浮かんでいた。

「中川、おい、教えろよ。誰からなんだよ。ちょっと見せてみろ」

「つまらないメールですよ、羽村先輩が読むほどのものじゃないです」

羽村は「ふざけんなよ、てめえ」と捨て台詞《ぜりふ》を吐いて、また裕介に向き直った。

「教えろよ」

いらだちを超えて、声には怒気が溶けた。

裕介はマウスに手をかけたまま、クリックすることも答えることもできない。

もう、いやだ――。

心の中で、勝手に声が響く。泣き声に近い。

「よお……」羽村は無理に頬をゆるめた。「俺が休んでる間に、なにかあったのか？」

中川にも、同じ質問を繰り返す。

裕介は押し黙ったままだったが、中川は違った。

「あったんですよ、いろんなことが」

「……なんなんだよ」

「酒井先輩から聞いたほうがいいと思いますよ」

羽村がこっちを向く。

裕介は、顔を上げられない。

もう、いやだ、いやだ、いやだ、いやだ……。

羽村の舌打ちが聞こえた。

「いいかげんにしろよ！」

机に両方の掌を思いきり叩きつけた。置いていた電話機が浮き上がるような強さだった。

「羽村先輩」――中川は、あくまでも冷静なままだ。

「先輩にお願いがあるんです」

「いまの話と関係あるのか」

「あります、すごく」

「……なんだよ」

「先輩、会社を辞めてもらえませんか」

羽村は唇をひくつかせ、感情の高ぶりを必死にこらえて、椅子の背に体を預けた。

「ふざけたこと言ってんじゃねえぞ。なんで俺がおまえに指図されなきゃいけねえんだ」

「指図じゃありません、お願いをしてるだけです」

「同じだろうがよ、そんなの」

「ま、いいですけど……先輩は、会社を辞める気なんでしょ？」

「勝手に決めるんじゃねえよ」

「じゃあ残るんですか？」

「決めるなって言ってるだろ」

「辞める可能性もあるでしょう？」

「……おまえ、俺に喧嘩売ってんのか？」

「殴ってもらってもいいんですよ、懲戒解雇ですからね、そのまま」

羽村は肩で大きく息をついた。顎が小刻みに震えている。

爆発寸前――なのだろう。

だが、それをまともにぶつけるほど羽村も愚かではない。

「なんなんだよ、よお、酒井、こいつやっぱり鎌田のスパイなんだろ？　おかしいよ、こいつ、なんなんだよ、ほんと」

ひゃははっ、と必死に笑う。まいっちゃうよ、まいっちゃうよ、と繰り返す。

感情の爆発をこらえているのではなく、それをこらえなければならない状況なのだろう、と裕介は思う。会社をクビになるわけにはいかない。再就職の見通しは、まったく立っていない、ということなのか……。

「まいっちゃうよなあ。最初からちょっとおかしいと思ってたんだけどさ、とうとう、こいつ、本性をむき出しにしてきやがった。笑っちゃうよなあ、ほんと、笑っちゃうよなあ……」

裕介は笑えない。顔を上げることも、まだ、できずにいる。

そんな裕介の耳に、中川の声が突き刺さった。

「僕だけじゃありませんよ」

羽村の笑い声が止まる。

「羽村先輩に会社を辞めてほしいのは、僕一人じゃないんです。そうですよね、酒井先輩」

「……おい、酒井、こんなこと言ってるぜ、このバカ。どうする？」

「酒井先輩、ひきょうな真似はやめましょうよ。正々堂々と勝負しませんか」

「勝負ってなんだよ、おい、ひきょうってどういうことだよ、なあ、酒井、こいつの言ってること、俺、わけわかんねえよ……」

メールの着信音が響いた。今度は、羽村のパソコンにだけ——だった。

3

険しい顔でパソコンの画面を見つめた羽村は、眉間に深い皺を寄せたまま、ゆっくりと何度かうなずいて、顔を上げた。

先に裕介を見て、それから中川を見てから、パソコンの画面に目を戻す。頬がゆるんだ。だが、眉間の皺は消えない。

裕介は黙り込んで、羽村の言葉を待った。嫌な予感がする。あいつなら——鎌田なら、それくらいのことはやりかねない。

中川もこわばった顔で黙っていた。裕介と同じ予感を抱いているのか、沈黙の重苦しさを振り払う余裕すらなさそうだった。

羽村はまた顔を上げて、今度は掛け値なしの笑みを浮かべた。

「親切な奴って、どこにでもいるものだよな。イノ部屋に送られたって、まだ飲み会に誘ってくれてるよ、ありがたいありがたい」

誰にともつかず、言う。

予感は、はずれた。裕介はほっとして、ふう、と息をついたが、中川はなにかを探るようにじっと羽村の顔を見つめていた。

「でも、俺なんかとまだ付き合ってると、そいつが今度はイノ部屋送りになっちゃうんだろうなあ」——歌うような声でつづけ、天井をぼんやりと見上げる。

「なあ、酒井」

目を合わさずに言った。

「よお、中川」

中川の返事はなかった。

羽村は天井を見上げたまま、つづけた。

「なにがあったのか知らないけど、とにかくおまえら、俺が会社を辞めたほうが都合がいいみたいだな。俺が辞めたらいちばん喜ぶ奴って……鎌田でも小松原でもなかったんだな。驚いた、マジ、驚いたよ」

裕介は思わず「いや、羽村……」と言いかけたが、言葉はそこから先へは進まない。なにを話しても、すべては言い訳になってしまう。

羽村はドアのほうを見て、江崎室長が部屋に戻ってくる気配がないのを確かめた。

「言っとくけど、俺は絶対に辞めないからな。酒井、中川、おまえらがいくら期待しても、俺、絶対に辞めないから……それだけは忘れるな」

ゆっくりと、言葉の一つ一つを確かめるように言う。

その一方、羽村の右手はペンを取って手近な紙になにかを素早く書きつけた。

「さっきまではな、マジ、俺辞める気だったんだ、こんなクソ会社」

しゃべりながら、紙をそっと——自分の胸に貼りつけるような形で、裕介に見せた。

〈黙ってろ。なにも返事するな〉

「だけどなあ、俺にも男の意地ってものがあるからなあ、俺が会社を辞めたらそんなに喜ぶんだったら、俺、辞めねえよ、意地でも残ってやる」

同じように、中川にも紙を見せる。

中川は黙ってうなずいた。

「タコだよなあ、会社。放っておきゃ辞めてやってたのに、よけいなことするもんだから俺を依怙地にさせちゃってよお……」

紙はもう一枚あった。

〈昼飯、付き合え。ばらばらに出て、三丁目の交差点で集合。よろしく〉

裕介に見せて、それから、ほんの少しためらって、中川にも──。

中川も一瞬驚いた顔になったが、最初の紙のメッセージどおり、無言でうなずいた。

「辞ーめません、辞ーめません、ざまーみろ、バーカ」

天井に向かって、舌を出す。「おまえの母ちゃん、でーべそ」とつづきそうな、悪ガキの捨て台詞のような言い方だった。

「ここなら会社の奴も来ないだろう」と羽村が二人を連れていったのは、大通りから一本入った通りにある古びた喫茶店だった。

やたらと尻の沈むモケット張りのソファーに、麻雀ゲームが組み込まれたテーブル、レジとフロアの間には熱帯魚の水槽と新聞ラックという、ほんとうに古びた店だ。窓にはステンドグラス風のシールが貼ってあるので、外からの視線は届かないし、店の中も薄暗い。観葉植物の陰に隠れるボックス席に座ってしまえば、ほとんど誰にも気づかれずにすむ。

「シブいなぁ……」

羽村はおしぼりで顔を拭きながら、観葉植物の葉の隙間から店内を見渡した。客は他には誰もいない。店に入ったときに、たぶんこうだろうな、と裕介が予想していたとおり、注文を取りに来たマスターは白髪頭のインテリふうのひとで、コーヒーカップは薄手の有田焼で、サイフォンでいれたコーヒーは思いきり濃厚だった。

「ここ、よく来るのか？」

裕介が訊くと、羽村はおしぼりを首の後ろにもまわして「初めてだ」と答え、「店の前を通ることはたまにあったんだけど」とつづけて、急に声をひそめて、オチをつけた。

「こういう店で昼休み過ごすと、午後からの仕事がシケちゃいそうだろ」

わははっ、と笑う。

裕介は困り顔ながらも笑い返したが、中川はジョークに応えず、コーヒーを啜るだけだった。

羽村もすぐに頬を引き締め、テーブルに身を乗り出した。

「盗聴の可能性もあるからな、あの部屋。隠しカメラだってあるかもしれない」

「でしょうね」と中川は、ごくあたりまえのようにうなずいた。そこまでは考えていなかった裕介は、おのれの甘さを思い知らされて、黙ってうなだれる。

「昨日まではどうだったのかは知らないけど、少なくとも、今日は入ってるぞ、そういうの」

「ええ」今度も中川だけがうなずいた。「そんな気がしました」

「それで、だ」

羽村はさらに身を乗り出した。「さっきのメール……飲み会の話なんかじゃないから」

裕介が「はあ?」と返した甲高い声をそっけなく振り払うように、中川は「だと思ってましたけどね」と言った。

「勘、鋭いんだな、おまえ」と羽村が言うと、もっとそっけなく、「あれだけ見え見えのお芝居されて、わからないほうがバカですよ」と返す。

バカが、ここに一人。

「で、どんなことが書いてあったんですか?」

「横浜のことと、おまえら二人の家庭の事情のこと」

嫌な予感は――やっぱり当たってたんじゃないか、と思う。最初の勘の良さを自画自賛すべきか、二度目の勘の鈍さに落ち込むべきか、よくわからなくなった。

羽村は取引についてはなにも言わなかった。だが、裕介と中川を軽くにらんだ含み笑いが言葉の代わりになって、よーくわかったよ、と伝えてくる。

裕介は気まずさに目をそらしたが、中川は悪びれた様子もなく「確かに親切ですね」と言った。

「おまえがうまく騒いでくれたおかげだよ」

「アツくなって騒いだのは羽村先輩でしょう？　僕はべつになにも考えてませんよ。早く先輩に退職願を出してもらって、横浜に引っ越したいだけですから」

「……ま、いいけど」

「でも、羽村先輩も思ったより冷静なんですね。見直しました」

「なめるなっての、俺を」

目を見交わして、ふふふっ、と笑い合う。

取り残された格好の裕介は、肩を落としてコーヒーを啜った。

なにもわかっていなかった。仕事のできる男とできない男というのは、こういうときにも――いや、こういうときにこそ、差がつくのかもしれない。

「まあ、でも……」

羽村は裕介に顔を向けて、「江崎が部屋から出ていったのは、ラッキーだったよな」と言った。『『オズの魔法使い』までは予想外だったけど、ナイスだったぜ、酒井。おまえが最初にあいつに突っかかってくれたから、そのあとのいろんなことが自然に運んでいったんだ」

いやぁ、そんな、と照れ笑いが浮かぶ。その程度で喜ぶ自分が少し情けなかったが、考えてみればイノ部屋送りになって以来、誰かから褒められたことは一度もなかったような気がする。

「それでな、酒井」

「うん?」——返す声にも、ちょっと張りが出てくる。

「さっきのメール、差出人の名前は書いてなかったんだけど、俺、例の『ニワトリ』からだと思うんだ」

「いや、でも……」

裕介は首を横に振り、「彼女は俺たちの味方なんだぞ」と返す。「わざわざ仲間割れさせるようなメールを送ってくるはずないだろ」

だが、羽村は「逆だろう?」と即座に反論した。「ああいうメールを寄越す奴なんて、味方に決まってるだろ」

　中川も羽村と同意見だった。

「あのね、酒井先輩、ちょっと考えてくださいよ。『ニワトリ』って、僕、よくわからないんですけど、とにかくそのメールを羽村先輩が受け取ったから僕たちが仲間割れしちゃうんじゃなくて、メールが届く前の僕たちが仲間割れしてたんですよ。取引を持ちかけられて、僕と酒井先輩がひそかに張り合って、羽村先輩にはなんにも事情が見えてなくて……そっちのほうが仲間割れの状態だと思いませんか？」

　どうしてこんなに簡単なことがわからないかなあ、という顔になって、さらにもう一言──。

「まあ、酒井先輩は、なんとなくシラを切り通そうとしてたみたいですけどね」

　なにも言い返せなかった。いったんよみがえりかけた自信が、しょぼしょぼとしぼむ。羽村の顔を、また見られなくなってしまった。

「とにかく、俺はメールの送り主は『ニワトリ』だと思う」

　羽村が話を戻し、裕介は中川に『ニワトリ』の話をかいつまんで説明した。

　最初から最後まで黙って聞いていた中川は、裕介が「まあ、そういうことなんだ」と話を締めくくると、なるほどねえ、と大きく息をついた。

「ってことは……江崎さんがいちばん怪しいってわけですよね。『オズの魔法使い』なんて、ふつう、ああいう歳のおじさんが読むような本じゃないでしょ」

「それはそうなんだけど、『ニワトリ』は女なんだぜ」

裕介がつい無防備に返すと、中川と羽村、二人ぶんのあきれ顔が、その言葉を壁のようにはねのけた。

「頼むぜ、酒井……」と羽村が苦笑して言った。中川もいっぺんにうんざりしてしまった様子で、「そういうレベルで話してる暇、ないと思うんですよ」と言った。

裕介にも、自分の言葉のバカらしさがわかった。性別、年齢……メールなら、そんなもの、いくらでもごまかせる。あたりまえの話なのだ。

だが、確信がある。『ニワトリ』は女だ。それも、ちゃんと特定できる相手なのだ。

鎌田の女性秘書の話を、二人に説明した。さすがに二人も真顔になって、裕介の話にじっと聞き入る。

「鎌田の身内中の身内ってわけですよね……」

中川が腕組みして言った。

「あいつらの動きがいちばんわかるポジションだな」と羽村もつづけ、二人揃って、裕介に詰め寄った。

「なんでそういうこと早く教えないんだよ、バカ」──羽村が言う。

「名前ぐらい調べればいいじゃないですか、いままでなにやってたんですか」──中川が言う。

「……悪い」

「なあ、酒井。こうなったら、今日の夕方、会社の前でずーっと待ち伏せしてるか。おまえ、顔は覚えてるんだろ？　会社の近くだとヤバいんならあとを尾《つ》けてもいい、とにかく会わないと話にならないんだから」

顔の記憶はあいまいだったが、それを口にしたら、また二人にあきれられてしまいそうだった。

まいったなあ……と首をひねったとき、ドアが開いて、客が入ってきた。「いらっしゃいませ」の声に思わず振り向くと──。

江崎が、いた。

4

観葉植物の陰に身をひそめ、息を詰めた。

「なんなんだよ、なんで俺らがコソコソしなきゃいけねえんだよ」――最初はつまらない意地を張っていた羽村も、中川に「いいから、黙っててください」と制されると、さすがにそれ以上はなにも言わず、おとなしくテーブルに突っ伏した。

江崎は店のマスターに、ああどうも、というふうに軽く会釈して、窓際の二人掛けの席について文庫本を出した。うまいぐあいに裕介たちに背中を向ける格好になった。

「……常連みたいですね」

中川が小声で言う。

裕介は黙ってうなずいた。

マスターが厨房《ちゅうぼう》から出てきた。注文を取ったわけではないのに、トレイにはサンドイッチとコーヒーが載っている。やはり、江崎はこの店の常連なのだろう。

「おい」羽村が裕介の肘を小突いて言った。「このまま見てるだけなのか?」

「……しょうがないだろ」

「飯食って本読んでる背中を見て、それで終わりか?」

「終わりっていうか……」

「せっかくのチャンスだぜ、ここで一気に問い詰めればいいだろ。いま読んでるの、たぶん『オズの魔法使い』だし、あのおっさんなら『ニワトリ』の正体も知ってるんじゃないか？」

それは確かにそうなのだ。

裕介も「まあなあ」とうなずいて、しかし、「よし行こう」とは言いきれない。

「もうちょっと様子見よう」

「なにのんきなこと言ってんだよ」

「いや、でも、あせるとろくなことにならないって」

「やってみなきゃわかんねえだろ」

羽村の声はしだいに高くなる。ここでテーブルを叩かれでもしたら、すべてがおしまいだ。

「じゃあおまえはここにいろよ、俺が行ってくるから」

たぶん――本気だ。

「ちょっと待ってくれ。あと三分、あと三分でいいから様子を見よう」

「カップヌードルじゃねえんだぞ」

「いいから」

片手拝みのポーズで頼み込んだ。

「攻めていかなきゃしょうがないだろうがよ、こういうときは」

「わかる、わかるよ、でも、もうちょっとだけ待ってくれ」

片手拝みを両手拝みに変えた。

おまえが攻めていくと、ぜんぶ裏目に出てるんだから――心の中でつぶやきながら。

羽村は舌打ち交じりに椅子に座り直す。

江崎はあいかわらず裕介たちに気づかず、文庫本を読みながらサンドイッチをつまんでいた。ランチタイムというのに、客はあいかわらず裕介たちと江崎だけだった。時代の流れから取り残され、もう時を刻むのをやめてしまったようなくたびれた喫茶店に座る江崎は、なんだか店の調度品の一つになってしまったようにも見える。

黙ってコーヒーを飲んでいた中川が、ぽつりと言った。

「誰か待ってるんじゃないかな」

裕介と羽村が怪訝な目を向けると、逆に二人の鈍感さにあきれたように「だって、さっきから腕時計をちらちら見てますよ」と言う。

「……そうだっけ?」

「ええ。ページをめくるときとか、サンドイッチを食べるときとか、ほんの一瞬ですけど」

言われてみれば、確かにそうだった。左手首の角度をわずかに変えて、腕時計の文字盤を一瞥し、そのたびに、落ち着けよ、と自分に言い聞かせるように息を吐き出していた。

「すげえな、おまえ。興信所に転職したほうがいいんじゃないのか?」

羽村が笑うと、中川はむっとした顔になって「勝手に決めつけないでください」と返す。こういうときにも、なんというか、子どもじみた狷介《けんかい》な頑なさは消さない男なのだ。

やれやれ、と裕介は苦笑する。

だが、中川はつづけて言った。

「娘をずっと見てるとね、そういう、ちょっとしたしぐさに敏感になるんですよ。病人を抱えた家族って、みんなそうなんじゃないですか?」

頬ににじんだ苦みが、すとん、と胸の奥に落ちる。

鎌田の取引のことが、またよみがえってきた。横浜への異動をどちらがより切実に望んでいるか……その勝負になれば、裕介に勝ち目はなかった。たとえ「おまえの勝ちだ」と言われても、たぶん、素直には受け容れられないだろう。

半分悔しまぎれに、へっ、と鼻を鳴らして笑った羽村も、テーブルに突っ伏して江崎の様子を見守りながら、言った。

「なあ……中川も酒井も、俺が会社辞めると、やっぱり助かるんだろうな」

裕介は思わず「もういいよ、それは」と答えたが、中川はためらうことなく「はい」と答えた。「僕も女房も、娘も、みんな助かります」

「人助けみたいなものか、退職願出すのが」

「べつに感謝はしませんけど、恩人にはなりますよ、羽村先輩は」

「……ひねくれた言い方するなって」

中川は肩をすくめるだけで、それをいなした。

俺だって――。

裕介はうつむいて、コーヒーを啜る。

俺だって、横浜に行けば家族がみんな助かるんだ――。

顔を上げると、中川と目が合った。

ふふっ、と中川は笑う。あなたに勝ち目はないんですよ、と言っているようにも思ったし、お互い大変ですよね、と言っているような気もしないでもない。

先に目をそらしたのは、裕介のほうだった。

江崎の待ち人は、なかなか現れなかった。

「誰かを待ってたんじゃなくて、昼休みの残り時間を気にしてたんですかねえ……」

と中川も自信なさげにつぶやく。

十二時四十五分。昼休みはあと十五分しかない。

「まずいな、こっちも時間がなくなってるわけだから」

裕介が言うと、羽村が「なんだ、午後イチになにか入れてるのか？」と訊いた。

「そうじゃなくて、午後イチに部屋にいないと、あとでまずいことになるかもしれないだろ。鎌田はちょっとでもこっちの弱みを握りたいんだから、就業規則だのなんだのを持ち出されたら面倒じゃないか」

「……情けないこと言うなよ、ほんと」

羽村が吐き捨てるように言って、ぬるくなったコーヒーをジュースのように顎を持ち上げて飲み干した、そのとき――中川が、ウググッと喉を鳴らした。声が出かかったのを必死にこらえた音だった。

裕介が振り向いて「どうした？」と訊くと、中川は羽村が手に持ったカップを指差して、うめき声で言った。

「……ニワトリです」

カップの底だ。コーヒーが残っているときには気づかなかったが、カップの底――

メーカーのロゴマークが入っているところに、確かに、ニワトリの絵が濃いブルーの釉薬《ゆうやく》で描いてあった。横向きの姿がシルエットになっている。翼を広げ、脚《あし》を揃えて後ろに伸ばして……。

「空、飛んでるところですよね」

中川は声をうわずらせた。「ね、そうですよね、これ、空を飛んでますよね」とつづけ、自分のカップを手に取って底を確かめた。

中川のカップにも、それから裕介のカップにも、同じ絵柄が付いている。間違いない。ずんぐりした体形に、トサカ――ニワトリだ。ニワトリが空を飛んでいる。軽やかに、とはいかないが、颯爽《さっそう》と空を飛ぶ、その力強さが伝わってくるような輪郭だった。

三人は顔を見合わせた。

「『ニワトリ』のメールって……そういう話だったんだよな」

羽村が言う。

うんうんうん、と裕介はバネ仕掛けの人形のようにうなずいた。

「江崎さんが今日読んでた本は、『オズの魔法使い』だったんですよね。で、それは『ニワトリ』のメールにも出てたんですよね」

中川が、念を押して訊く。

そうそう、と裕介は同じように小刻みにうなずいた。

三人はおそるおそる、江崎の背中を見つめた。

江崎はサンドイッチの最後の一切れを食べたところだった。パンをつまんでいた指先を舐めて、背広の裾で拭いた。

「きったねえなあ、あのオッサン……」と羽村がつぶやき、なあ、と裕介に同意を求めたとき――ドアが開いた。

「いらっしゃいませ」

マスターは新顔の客に声をかけ、「お父さん、お待ちかねですよ」と笑いながら言った。

今度は、裕介が喉をウググッと鳴らした。

新顔の客は、戸口に立ったままだった。視線は、マスターにでも江崎にでもなく、まっすぐ、店の奥に向いていた。怪訝そうな顔が、スイッチを切り替えたみたいに驚いた顔に変わる。

逃げ遅れた。テーブルに突っ伏すことも目をそらすこともできなかった。

裕介はゆっくりと立ち上がる。

江崎もこっちを振り向いた。

裕介は江崎に会釈をして、新顔の客に「先日はどうも」と、ぎごちなく笑いかけた。

身を伏せたままの羽村が「おい、誰だよ」と小声で訊く。

裕介はまっすぐに前を向いて、「『ニワトリ』だ」と答えた。

新顔の客——鎌田の女性秘書は、最初の動揺をあっさりと鎮めて、「ランチ、ご一緒しませんか」と微笑みながら言った。


六人掛けのテーブルに着いた。裕介たちに取り囲まれた江崎は、「まいっちゃったなあ、まいっちゃったなあ……」と首をひねりながら愚痴るように繰り返し、水ばかり飲んでいた。

「どういうことなんだよ」羽村は勢い込んで訊いた。「ちゃんと一から説明してくれよな」

「いや……説明って言ってもね……そういうのはちょっと……」

「鎌田のスパイなのかよ、あんた。どうなんだよ」

「ちょ、ちょっと待ちなさいよ、そんな喧嘩腰で……」

「あんたのボスと喧嘩してるんだよ、こっちは。もう、ずうーっと」

羽村は、身をぐいと乗り出して、江崎をにらみつける。中川があわてて止めに入ったが、いまにも胸ぐらをつかみそうな剣幕で「ぜんぶ白状しろよ、おい」と江崎に迫る。

「やめましょうよ、羽村先輩」

「うるせえんだよ、おまえは」

「そんなふうに詰め寄ったら、しゃべれるものもしゃべれませんよ」

「ごちゃごちゃ言うな！」

羽村は中川の腕を乱暴に振り払って、江崎の隣に座る『ニワトリ』に「あんたはどうなんだよ」と言った。「わけのわかんねえメール送ってきやがって、この野郎……」

だが、『ニワトリ』はひるんだ様子も見せずに、微笑み交じりに言う。

「ほんと、カカシですね」

カカシ――『オズの魔法使い』に出てきた、ものを考える脳みそのない哀れなカカシ。もっとも、羽村は『オズの魔法使い』のストーリーをよく知らないのだろう、きょとんとして「はあ？」と聞き返すだけだった。

『ニワトリ』は、中川に向き直って、「ブリキの木こりさん、ですよね」と言った。

「お目にかかるのは初めてですけど、すごくよくわかります」

ふだんなら、そういう「わかったつもり」でものを言われることをなにより嫌がる中川も、さすがにいまは黙っていた。

そして、『ニワトリ』は裕介に目を移す。

「ここに来たの、偶然なんですか?」

「……ああ」

かすれ声で答え、懸命に記憶をたどる。

彼女を助けたことがあった――ほんとうに? 見たところ、彼女はまだ二十代後半、もしかしたら半ばかもしれない。こっちに記憶がないということは、ずっと昔、彼女がまだ子どもだった頃の出来事なのか?

どうしても思いだせない。

「物語って、偶然がうまいところで出てくるんですよね」

『ニワトリ』はうれしそうに言って、居住まいを正し、三人をあらためて見つめた。

「父がお世話になっております」

ぺこりと頭を下げた。

その横では、江崎があいかわらず「まいったなあ、まいっちゃったなあ……」と首をひねる。

「あのさ、なあ、マジ、話がぜんぜん見えないんだけど」

羽村が言った。自分なりに落ち着こうとしているのだろう、ははっ、ははっ、とひきつった笑顔をつくっていた。

「俺がなんでカカシになるわけ？」

「『オズの魔法使い』ですよ」と『ニワトリ』が答え、中川が「脳みそのないカカシが出てくるんです、あの話には」と――よけいなことを付け加える。

「なんだよそれ、おい、俺がバカだって言いたいのか」

とたんに気色ばむ単純さにあきれはてたように、『ニワトリ』は中川に向き直って言った。

「明日にでも、中川さん、懲戒解雇になると思います」

中川は驚かなかった。静かに、覚悟していたように、「そうですか」とうなずくだけだった。

第五章

1

テーブルに張りつめた沈黙が流れた。裕介も、羽村も、江崎も、無言で『ニワトリ』と中川を見つめる。

だが、当の二人は冷静きわまりなかった。懲戒解雇——サラリーマンとして最悪の事態を、まるで忘年会の会費を「一人五千円です」と集金するように『ニワトリ』は伝え、中川も「鍋はつくの?」とでも言いながら財布を取り出すように、それを受け止めたのだった。

沈黙を破ったのは、『ニワトリ』だった。

「昼休みが終わる前に、とりあえず基本姿勢だけ決めちゃいませんか？」――裕介に言った。

困惑する裕介にかまわず、今度は羽村に向かって――「どうします？」と訊く。

「……どうするって、なにがだよ」

「まず、羽村さんがどうするか、ですよ」

「だから、どうするって、なにがだ、って訊いてんだ」

「会社、辞めちゃいますか？　それとも残りますか？」

「辞めるよ、あたりまえだろ、こんなクソ会社」

「それ本気ですね？　本気でそう決めてるんですね？　羽村さんは辞める、それでいいですね？」

「ちょっと待てよ、いきなり言われたって……」

「残りますか？」

「……その可能性も、ないわけじゃないけどな」

羽村は吐き捨てるように言って、そっぽを向いた。

『ニワトリ』は軽く肩をすくめて、中川に言った。

「午前中に調査部に入った情報です。大阪支社で、内部告発がありました。下請けの工場から、添加物にかんする不当表示についての告発です」

中川は落ち着き払って「どこに告発したんですか？」と訊く。

「農水省と大手のマスコミに、です」

『ニワトリ』はもっと落ち着いた声で答え、「ついさっき、農水省から電話が来ました」と付け加えた。

「夕刊、間に合うかな」

「ええ、たぶん確実に……中川さんの名前と一緒に」

「僕の独断です」

「わかってます。大阪支社長も、もちろん本社も、いっさい関知していません。中川さん、あなたが独断で下請けに指示を出したことになってます。取引停止をちらつかせて、最後は恫喝《どうかつ》して」

「よくできてる」

中川はフフッと笑って、ああそうだ、というふうに『ニワトリ』に言った。

「大阪支社長の星川《ほしかわ》さんは、意外と気が小さいところがあるから、マスコミにはあまり対応させないほうがいいと思いますけど」

「ご忠告、確かに承りました」

「あと、橋爪《はしづめ》部長は、確か娘さんが来月結婚式なんです。なるべく矢面に立たせないようにしてやってほしいんだけど」

『ニワトリ』は「本部長に伝えておきます」とうなずいて、冷静だった口調を微妙に変えて中川に言った。

「一つだけ、個人的におうかがいしてよろしいですか？」

「個人的にって？」

「営業本部の人間としてではなく、ということです。お答えいただいたことは決して他言しませんので、教えてもらいたいんです」

「……なに？」

「内部告発のほうも、独断だったんですか？」

中川はそっけなく「ノーコメント」と答え、『ニワトリ』も最初からそうなることがわかっていたように、あっさりと引き下がり、今度は江崎に向き直った。

「お父さん、わたし会社に戻るから、あとはよろしく。そろそろタイムリミットだと思うから」

江崎は無言でうなずいた。裕介がいままで見たことのないような、力強いしぐさだった。

「タイムリミットって、おい、なんなんだよ、ぜんぜんわかんねえよ、おまえの言ってること」

身を乗り出して訊く羽村に、『ニワトリ』はぴしゃりと言った。

「ひとを『おまえ』呼ばわりするのは、やめてください」

そして、江崎も――「ひとの娘を親の前で『おまえ』と呼ぶバカがどこにいる!」初めて見せたおっかない剣幕に羽村は思わずたじろぎ、ついでに裕介まで、うわわっ、と身を反らせてしまった。

『ニワトリ』は出口に向かった。「ヨーコちゃん、帰っちゃうのか?」と厨房からマスターが声をかけると、「また来まーす」と軽く返して、そのまま外に出る。カラン、カラン、と鳴るドアベルをよく見ると、それはでっぷり太ったニワトリをかたどったものだった。

「最初から説明してくれよ」

羽村が言った。江崎と中川を見比べるように首を左右に振り、「江崎さんにも訊きたいことは山ほどあるけど……とりあえず、おい、中川、おまえの話、ちゃんと教えろ」と声をすごませる。

「いまの話でだいたいわかりませんでした？」中川は、あくまでも冷静に言う。「本社のエースだったひとにしては、ちょっと呑み込みが悪くないですか？」

「うるせえ！」

羽村がテーブルを叩くと、真ん中の脚で支えているだけの天板が大きく揺れて、グラスの中の水が波になってこぼれ落ちた。

「ほんとに乱暴なんだから」と中川は自分のグラスを隣のテーブルに移し、「いま聞いたとおりですよ、ほんとに」と念を押した。

「……不当表示、ほんとにおまえの指示だったのか？」

「ですね」

「独断で、下請けの工場に……それもぜんぶほんとなのか？」

「はい」

「嘘つくな、馬鹿野郎。俺をあんまりなめるなよ」

「べつに、なめてませんけど」

「……さっき、あのねえちゃん、わけのわかんねえこと言ってたな。内部告発も独断だとかなんとか。それ、どういうことなんだ？」

さあ、と中川は無表情に首をかしげ、腕時計に目をやった。

「すみません、もうすぐ昼休み終わりなんで、僕も社に戻ります。皆さんも電話番がいたほうが安心してゆっくりお話しできるでしょ？」

千円札を一枚テーブルに置いて、「精算したら、お釣りはちゃんと今日中に返してくださいね」と言う。今日中——明日には懲戒解雇されてしまう、からなのだろうか。

店を出ていった中川を、裕介は小走りに追いかけた。羽村が「俺も行く！」というのを「おまえが来たら話が面倒になるから、やめとけ」と制して、最後はダッシュで店を飛び出した。

すぐに追いついた。というより、中川は店の前に立ち止まって、戸口の上に掛かった日除《ひよ》けを見ていた。

「酒井先輩……これ」

指差した先は、日除けの隅に小さく記された店の名前だった。

『ROOST』

「『ねぐら』って意味だっけ？」

「あと……『止まり木』って意味もあるし、『ROOSTER』になると、ニワトリですよ」

なるほどなあ……とうなずいているうちに、中川はすたすたと歩きだしていた。

「ちょっと待てよ、おい。羽村はああいう奴だからいばってしか訊けないんだけど、俺も頭の中が混乱しちゃってるんだ、頼むよ、もうちょっと詳しく教えてくれ」

「好奇心にお応えするわけですか？」

「そうじゃないよ、とにかくわけがわかんないんだ」

「べつにわかる必要もないんじゃないですか？」

中川は足を速めた。

裕介は、もう追いかけない。立ち止まって、「一つだけ教えてくれ」と言った。「不当表示をやらせたのもおまえで、それを告発したのもおまえ……それ、ほんとなんだな？」

中川はなにも答えない。立ち止まりも、振り向きもしない。

だが──鎌田のやり口にならえば、沈黙が答えになってしまうことだって、ある。

店に戻ると、羽村はいらだちを全身からたちのぼらせながら、江崎をにらみつけていた。

「だめだよ、このオッサン、のらりくらりしやがって、なーんにも話さない」

裕介のいない間にもテーブルを叩いたのだろう、こぼれた水が天板の何カ所かに溜まり、羽村のグラス以外のグラスはすべて隣のテーブルに移されていた。

裕介が席につくと、それを待っていたように、江崎はバッグから新しい本を取り出した。

いつもの文庫本ではなく、大ぶりな単行本――書店のカバーはなく、表紙カバーも取ってしまったのか、最初から付いていなかったのか、とにかく古びた本だった。背が陽に焼けて、色褪せて、角が円くなって、表紙は手垢《てあか》で汚れていた。

本を開く。ページの汚れ具合も、いかにも年季が入っていそうだった。

適当に開いただけのように見えたが、江崎はページをめくり直すことなく、本の中の一節を読み上げた。

「……最後の抵抗運動で、〝ゲリラ戦〟は極めて重要な戦略的役割を演じた。ゲリラ戦は、優位な装備と技術を保有する侵略軍に対して起ち上がることを決意した人民大衆の戦闘形態、すなわち装備の劣悪な弱小国の人民の戦闘形態である。それはまた、士気と英雄主義に依拠して近代的武器を打ち負かす、革命戦争に適した戦闘形態である……」

なんだなんだ？　と裕介は口をぽかんと開けた。

羽村も唖然として江崎を見つめる。

「すなわち！」

江崎は声を張り上げた。

「……ゲリラ戦とは、敵が強ければ敵を避け、弱ければ攻撃する、そして場合によって、分散したり、再結集したり、あるいは消耗戦に出たり、殲滅戦に出たりするのである……」

と、そこに、別の声がつづいた。

「……ゲリラ戦は成長し、開花しなければならない、とわれわれはしばしば強調する。ゲリラ戦を維持し、発展させていくためには、必然的に機動戦に行き着かねばならない。これこそが法則である……」

マスターが厨房から出てきたのだった。

すらすらと流れるように諳《そら》んじて、江崎に代わって裕介たちに「びっくりしたでしょう？」と笑いかける。

江崎は本を閉じて、言った。

「君らは、ボー将軍というのを知ってるか？　知らないだろうな、知るわけないよなあ、時代が違うもんなあ、こういうのを持ち出すところが歳なんだなあ……」

一人で訊いて、一人で勝手に答えを決めて、一人で納得して、一人で落ち込んでしまう。そのあたりは以前の江崎とたいして変わらなかったが、つづく言葉は、妙に芝居がかった――NHKの歴史ドキュメンタリー番組のナレーションのように大仰な口ぶりになった。

「ボー・グエン・ザップ将軍。ベトナム人民軍の最高司令官だ。八月革命後のインドシナ戦争で、半年間におよぶディエン・ビエン・フーの戦いを指揮して、みごとに勝利を収め、フランス軍をインドシナ半島から追い払った。ベトナムの国民的英雄だよ」

目が合ったので、裕介はしかたなく「はあ……」と相槌を打った。なにがなんだかさっぱりわからない。インドシナ戦争はベトナム戦争とは違うんだっけ？　ベトナム戦争はアメリカが相手だった。フランスもベトナムに関係してたっけ……？

「この本は、ボー将軍が書いた『人民の戦争・人民の軍隊』だ。ベトナム戦争のときの、ベトナムの若者たちのバイブルだった」

やはり、インドシナ戦争とベトナム戦争とは別物のようだ。

「ゲリラっていう言葉ぐらいは、知ってるよな、君らの世代でも」

江崎は、今度は羽村に訊いた。

「なんですか、それ、俺らをなめてるんですか？」――つまらないことにいちいち突っかかってしまうから、話が先に進まないのだ。

裕介はあわてて「知ってます、知ってます」と口を挟み、「でも、ゲリラがどうしたんですか？」と訊いた。

答えの代わりに、マスターがまた朗々と書物の一節を諳んじた。

「……われわれが必然的に達する結論は、ゲリラ戦士は社会の変革者だということである。ゲリラ戦士は抑圧者にたいする人民の怒りと抗議にこたえて武器をとり、武器をもたない同胞を汚辱と貧困につきおとしている社会体制を変革するためにたたかうのである……」

江崎はマスターを振り向いて、にやりと笑った。

「ゲバラだな」

「『ゲリラ戦争』第一章、ゲリラ戦の一般原則より」

マスターはすまし顔で返して、「コーヒーのお代わりをいれてきましょう」と、厨房に引き返した。

その背中を含み笑いで見送った江崎は、さて、というふうに裕介たちを振り向いた。

「ゲリラになる覚悟はできてるのかな、君たちに」

そして、もう一言――。

「ゲリラになる以外に、鎌田とは闘えないぞ」

さらに、もう一言――。

「中川くんを救え」

テーブルを握り拳でガツンと叩き、「羽村くんほど派手な音は出なかったな、どうも」と苦笑する。

「張り合ってどうするんだよ、ほんとによお……」

羽村はあきれ顔で言った。言葉づかいは乱暴だったが、悪い感じの声の響きではなかった。

「ゲリラかよ……カッコいいな、それも。いくらなんでも、もう話してくれるよな、いろんなことぜんぶ」

江崎は黙って小さくうなずいた。

そのとき――店の奥に掛かっていた鳩時計が、一時を指した。

観音開きの扉から飛び出したのは、鳩ではなく、翼を広げたニワトリだった。

2

イノ部屋に帰ると、中川の姿はなかった。〈外回りに出かけてきます。直帰です。事後承諾で恐縮ですが、ハンコをお願いします〉と江崎宛てのメモを残して、外出していた。メモと一緒に置いてあった出張申請書に記された行き先は——いつもどおり、武蔵野医大付属病院。

「明日の朝まで待つ余裕はないよなあ……」

火照《ほて》った頰に掌で風を送りながら、羽村が言った。

うなずく裕介の頰も上気していた。

いち早く席についた江崎は、「任せますよ」と言った。「ゲバラは言っています。ゲリラ戦士は、自分自身の指揮官なのです」

江崎によると、鎌田もさすがに盗聴器までは仕掛けていなかった。『ニワトリ』からの情報なので、信じていいだろう。

羽村は席について新しい出張申請書を取り出し、裕介はパソコンのスリープを解除した。

メール着信、一件。

『ニワトリ』からだった。

〈先ほどはどうも。ほんとうに、びっくりしちゃいました。もちろん、酒井さんのほうがもっと驚いたと思いますが。

父のことも、びっくりしちゃいますよね。父と『ROOST』のマスターとは、古い仲間――同志です。細かく話すと長くなるので要点だけを説明すると、父とマスターは学生時代から、なんというか、反体制の若者だったのです。ヘルメットかぶって鉄パイプ持って……というひとたちですね。

父は三杉産業の労働組合の闘士でした。わたしが生まれるずっと前、だから酒井さんたちが入社するずっと前の話です。いろんなことがあったそうです。たくさん、たくさん、傷ついてしまったそうです。それで、あんなふうなフヌケなオジサンになってしまったのですが……父だって、ニワトリです。ニワトリは一度だけ、飛べるのです。

父は中川さんを救うつもりです。横浜出張所への異動の話は、酒井さんにとっても大切なことだと思いますが、父は、とにかく中川さんを助け出すことを第一に考えているようです。成功するかどうかはわかりませんし、もしかしたら、たとえ成功したとしても酒井さんには不本意な結果になってしまうかもしれませんが、それでもあえてお願いします。父の願いをかなえてやってください。

わたしは酒井さん――ライオンさんの勇気を信じています。

営業本部は、いま、大阪支社の不当表示問題でパニックになっています。悪い魔法使いたちは、やはりブリキの木こりを悪者に仕立てあげてしまうようです。

父の作戦はもう聞いていると思います（作戦というほど大げさなものではないところがツラいのですが）。

どうか父を助けて、中川さんを救い出してあげてください〉

メールを読み終えると、羽村が「行こうぜ」と声をかけてきた。「おまえの申請書も出しといたから」

その言葉とタイミングを合わせるように、江崎はハンコを二枚の用紙にポンポンと捺した。

「江崎さんはどうするんだよ」

羽村が言う。たぶん初めて――イヤミ抜きで、江崎を「さん」付けで呼んだ。

江崎はハンコの印面をティッシュで拭きながら、「前線はお任せします」と言った。「私はここで情報収集にあたりますから」

羽村は肩をすくめ、「戦争ごっこじゃないっての」と苦笑する。

「戦争ですよ」

江崎はすまし顔で、しかし、きっぱりと言った。

わかりましたわかりました、と羽村はあきれた様子で受け流す。あいかわらず嚙み合わない。だが、「とにかく中川を説得してみるから」と羽村が言い、「よろしく頼みます」と江崎が返す、そのときのまなざしはまっすぐにぶつかった。

「ああ、そうだ」

江崎は椅子の横に置いたバッグを持ち上げ、膝の上で蓋を開けた。

「なんですか、今度はゼンキョートーとかセキグンハとかの本ですか？」と羽村がからかって笑うと、江崎はにべもなく「あいつらに学ぶべきものなど、なにもありませんよ」と言い捨てた。

〈いろんなことがあったそうです。たくさん、たくさん、傷ついてしまったそうです〉と『ニワトリ』が書いていたのは、そのあたりのことなのかもしれない。

江崎がバッグから取り出したのは、裕介の予想に反して、文庫本ではなかった。というより、正確には「取り出した」の表現はあたらない。江崎は、バッグのインナーポケットのファスナーに結わえ付けてあった小さなお守りをはずしたのだ。

「これを中川くんに持っていってあげてください」

裕介にお守りを手渡した。かなり古い。朱色の袋はすり切れたり糸がほつれたりして、神社の名前も定かではない。

「彼はこういうものは嫌いかもしれませんが、まあ、気は心というやつですし……効くんですよ、これ、意外と」

「効く、って？」と羽村が割って入った。

江崎はふふっと笑って、「私も昔は中川くんと同じだったんですよ」と言った。「ウチは娘じゃなくて、息子だったんですけど」

重い病気――だったのだろうか。

裕介は掌に載せたお守りと江崎とを交互に見ながら、「もうちょっと詳しく教えてもらえませんか」と言った。

隣で、羽村も、うんうん、と同意した。

江崎はまた、ふふっと笑う。

「酒井くんはウチの息子に会ってるんですよ。覚えてませんか？」

「え？」

「忘れちゃったかなあ。まあ、ささいな出来事だったし、とにかく昔の話ですからねえ」

笑顔のまま江崎が話した、「ささいな出来事」が――つまり、裕介と『ニワトリ』を結ぶ糸だった。


裕介がまだ二十代半ばの若手社員だった頃のこと。一九八〇年代の終わり。バブル。外食産業の急速な伸びとともに、三杉産業も右肩上がりの成長をつづけていた。

裕介は、販路拡大の最前線で駆けずり回る営業マンだった。朝九時の始業から夕方五時まで、オフィスにいることはほとんどない。デスクワークは外回りをすませてから、コンビニのおにぎりで空腹をしのぎながら、終電ぎりぎりまで。接待も多かった。出張も多かった。

「二十四時間戦えますか！」と煽りたてる栄養ドリンクのＣＭソングが耳にこびりついて、背骨にまで滲《し》みていって……体力自慢の若さと、働けば働くほど業績が上がっていくやり甲斐がなければ、とてももたない。得意先と話しているときには溌剌《はつらつ》としていても、電車に乗って移動しているときには、さすがに疲れを隠すことはできない。

「ささいな出来事」の起きたその日も、裕介は、国鉄からＪＲに名前を変えて一年半ほどの頃の山手線の電車に乗っていた。

ロングシートのいちばん端に座って、うたた寝をしていた。

その日仕事でなにがあったのか、どこからどこへ向かっていたのか、そもそもそれが何年の何月何日のことかも、記憶には残っていない。

ただ、少し走ってはすぐに停まる、うたた寝には不向きの山手線で眠っていたということは、ひどく疲れていたのだろう。新宿から渋谷まで、ほんの三つ先の駅までの移動中にさえ眠り込んでしまう、そんなことも、あの頃は決して珍しくなかったのだ。

ふと、目を覚ました。窓の外の風景をあわてて見て、まだ目的の駅まではだいぶあることを確かめて、もうひと寝入りしようか、と腕を組み直したとき、目の前に子どもが立っていることに気づいた。

おねえちゃんと弟――だった。

「娘は小学五年生でした。息子のほうは一年生。腎臓が悪かったんで、ちょっと顔がむくんでて、小柄なんだけど太ってたんですけどね……覚えてませんか？」

「なんとなく……そう言われてみれば、そんなこともあったかな、なんて……」

「病院に連れて行った帰りだったんですよ。いつもは女房が車で送り迎えするんですけど、その日は女房が風邪ひいちゃってダウンして、それでおねえちゃんが特別に、あのときは学校休んだのかなあ、二人で電車に乗ってたんです」

江崎は、きょうだいそれぞれの名前も教えてくれた。

おねえちゃんが、洋子《ようこ》。

弟が、健司《けんじ》。

「私、結婚が遅かったものですから、ちょっと名前のセンスが古いんですよ。子どもたちからは、カッコ悪いって評判悪かったんですけど」

照れくさそうに笑う。

「名前なんてどうでもいいけどさ、腎臓が悪かったって、けっこうヤバかったわけ?」——羽村が訊いた。話が寄り道するのが、とにかく嫌いな性格なのだ。

「入退院を繰り返す、ってやつですかね。小学校の終わり頃からはだいぶじょうぶになったんですけど、一年生の頃なんて、学校には半分ぐらいしか通えなくて……。チアノーゼを起こしかけたりすると、もう、命がね……あの頃は、ほんとうに、何度も何度も、今度はだめかもしれないって覚悟してましたから」

そんな健司くんが、洋子ちゃんに付き添われて電車に乗っていた、というわけだ。

「いつもは車で通院してましたから、あいつ、疲れちゃって、微熱があったのかな、ふらふらしてたんです。そしたら、偶然、目の前に座ってるひとの背広の襟を見たら、三杉産業のバッジを付けてたんです」

「なんだよ酒井、おまえ、バッジなんて付けてたのかよ」

羽村があきれ顔で言う。「三井や三菱じゃないんだからさあ、恥ずかしいと思わない？」――自分が話を脇にそらすことは気にしない性格なのだ。

「それでね、もしかしたら席を譲ってくれるんじゃないかって、洋子の奴、勝手に想像して、期待してたらしいんですよ。まわりの客はぜんぜん席を譲ってくれる気がしなかったけど、このひとだったら、って。心の中で、起きて起きて起きて起きて、って祈ってたらしいんです」

そのタイミングで、裕介は目を覚ましたのだ。

「で、どうなったんだ？　席、譲ってやったのか？　譲るだろ、ふつう。譲るよな、具合の悪い子どもが目の前に立ってるんだから」

勢い込んで裕介に訊く羽村に、江崎が横やりを封じ込めるような強い口調で言った。

「あなたなら、ほんとうに譲ってくれますか？　ただ黙って立ってるだけの子どもに、こっちだって疲れきってるときに、ほんとうに席を譲ってくれますか？　自信ありますか？」

「……そんなの、そのときになってみないとわかんねえだろ、『もしも』の話じゃ意味ねーだろがよお」

「私ならね、無理ですよ、正直言いますけど。子どもの具合が悪いことなんて見ただけではわからないし、たとえわかっていても、たぶんね……うん、たぶん、だめだと思う」

江崎は自分の言葉を噛みしめるように何度かうなずき、裕介をあらためて見つめた。

「奇跡が起きたと思ったらしいんです、洋子は。わたしは魔法使いみたいに、奇跡を起こしたんだ、って」

立ち上がったのだ。さりげなく、席を譲ったんだという恩着せがましさなどみじんも感じさせずに、すっと——。

「そのときのこと、あいつ、いまでも忘れられないんです。小さな勇気かもしれないけど、その勇気を出してくれたことが、うれしくてうれしくてしょうがないんです。だから、ほんとうに偶然が重なって、あいつが鎌田本部長に連れてこられて私と同じ会社に入って、あなたがイノ部屋に来て、やっといま、恩返しができるんじゃないか、って……」

裕介は頬がカッと熱くなるのを感じた。

違う——。

声にならない叫びが、胸の奥にこだまする。

奇跡でも魔法でもない。それはただの偶然だ。勇気などという格好のいいものではない。あのとき席を立ったのは——「あのとき」を思いだすことはできないのだが、たぶん、ドアの上に掲げられた路線図で次の訪問先への経路を確かめようとしたか、腰が痛くなって背筋を伸ばしたくなったか、あるいは……急にトイレに行きたくなって、下腹を圧迫しないよう立ち上がったのか……。

「このお守り、健司が入院するときにはいつも病室のベッドに結んでいたんです。効き目があるんです。中川くんの娘さんにも、それから、あなたや羽村くんにも。中川くんに持っていってあげてください。もしも彼が『いらない』って言うのなら、よかったら酒井くんか羽村くんのどちらかが持っていてください。差し上げます、というか、もらってほしいんです、あなたたちに」

江崎は机に突っ伏すように頭を深く下げ、顔を上げると、ゲリラ部隊の指揮官に戻って、言った。

「……ゲバラは言っています。〈〝ヒット・エンド・ラン〟（撃っては逃げる）——ある人たちはこうしたやり方を軽蔑するがこのことばは正確である。撃っては逃げ、時期を待ち、待ちぶせをやり、ふたたび撃っては逃げる。これをくりかえして敵に全然休息をあたえないのである〉……絶え間なく撃ちつづけ、絶え間なく逃げつづける。それがゲリラの戦術です」

「なんか、それ、セコくない？」

羽村は少し不服そうに言う。

だが、江崎はいささかも動ぜず、きっぱりと言った。

「勝つためです」

さらに、もう一言――。

「時間がありません。早く中川くんをつかまえて、彼を説得してください。彼が会社に残ろうという意志を持たないかぎり、われわれの作戦は意味をなさないのです」

「……作戦って、要するに不当表示は会社ぐるみだった、って暴露するだけでしょ？」

羽村は苦笑して、「この世代は、言うことがいちいち大げさなんだからなあ」と裕介に笑いかけた。

裕介はこわばった顔で笑い返し、覚悟を決めた。奇跡だろうが魔法だろうが偶然だろうが、勇気だろうがなんだろうが、こうなってしまったら、とにかくやるしかない。

ゲバラのことなどなにも知らない世代にも、軟弱な世代なりの力強い教えがある。学生時代、ミスＤＪの千倉真理がラジオで言っていた。

やるっきゃない！

3

談話室の円《まる》テーブルに向き合って座った中川は、裕介が差し出したお守りから無言で目をそらした。

「俺にも細かいことはよくわからないんだけど……江崎さんの気持ちなんだ、よかったらもらってやってほしいんだけどな」

裕介は掌にお守りを載せたままで言う。

「要りません」――にべもない返事は、最初から覚悟していた。

「江崎さんの息子さんも、ずっと腎臓が悪くて大変だったらしいんだ。でも、病院のベッドにこれをずっと結んでて、いまは元気になったらしくて、江崎さん、このお守りすごく効き目があるから、って……」

「お守りで病気が治ったわけじゃないでしょ。それで治るんなら、誰も苦労しませんよ」

「それはそうだけど、気は心っていうだろ」

「心では治りません」

ぴしゃりと言って、顔ごとそっぽを向いてしまった。

機嫌が悪い。いきなり病室を訪ねたことで、中川をふだん以上に頑なにしてしまった。作戦ミスだったのかもしれない。少なくとも、タイミングは最悪だった。せめて奥さんが病室にいるのを確かめてから、ドアを開ければよかった。

点滴を受けて眠り込む娘の美月の手を握り、いとおしそうに髪を手で梳《す》く、そんな中川の姿を目の当たりにしてしまった。羽村はそれだけで目を潤ませてしまい、しばらく声をかけることもできなかったのだ。

二人に気づいてハッと顔を上げたときの中川も――目が赤かった。

「娘さんの具合どうだ？」と羽村が訊くと、「具合が悪いから入院してるんでしょ」と返し、裕介が「食事制限がなければいいんだけど」と箱入りのクッキーをベッドの横のテーブルに置くと、一瞥しただけで「お見舞いならいりませんよ、箱がゴミになるだけですから」と吐き捨てるように言う。

「話があるんだけど、ちょっと外に出られないか」――裕介の言葉には応えなかった中川だが、羽村がもっと単刀直入に「おまえ、ほんとにこのままでいいのかよ。懲戒解雇だぞ。クビだぞ。わかってんのか？」と詰め寄ると、美月の耳に入るのを恐れたのか、あわてて「出ますよ」と言って、二人をにらみつけたのだった。

奥さんとは結局会えなかった。会社のことは、奥さんにも話していないのかもしれない。「廊下の突き当たりに談話室がありますから、先に行っててください」と中川は言って、「女房が買い物から帰ってきたら、すぐに行きます」と付け加え、病室に長居をさせてはくれなかったのだ。

三人の間に、しばらく沈黙が流れた。

「酒井、お守りの話なんて、どうでもいいだろ。さっさとしまっちゃえよ」

羽村がいらだたしげに言う。お茶の入った紙コップの縁に、嚙み痕がくっきりと、いくつも残っていた。

「じゃあ……とりあえず、これは俺が預かっとくから」

しかたなく、裕介はお守りをポケットに戻した。「気が変わったら、いつでも言ってくれ」と言い添えても、中川は、もう、返事すらしない。

羽村はお茶を飲み干し、空になった紙コップを握りつぶして、「ぜんぶしゃべれ

しゃべれ」とすごんだ低い声で言った。「ごちゃごちゃ屁理屈言わずに、あったことぜんぶ
「羽村先輩には関係ないです」

「あるよ、馬鹿野郎。同じ会社なんだぞ。こっちだって、これから大変になるんだからな」

そこまではいつもの単純な羽村だったが、つづく言葉は——病院へ向かう電車の中で何度も「やだよなあ、こんなの鎌田みたいじゃないかよ」とぼやいていた、羽村なりの取引の言葉になった。

「いま、会社は大騒ぎだ。イノ部屋が静かだってことは、鎌田がおまえのいまの部署や居場所をマスコミに教えてないからだと思うんだ」

「ええ、そうでしょうね」

「俺が電話してもいいんだぞ、テレビとか新聞とか、いろんなところに。不当表示の首謀者は、ただいま武蔵野医大付属病院にいまーす、ってな。取材お待ちしてまーす、ってな。まだ夕方のニュースに間に合うから、テレビ局なんて大喜びするんじゃないか?」

「……どういうことですか」

「娘の病室もわかったし、うん、おまえ、とりあえず今日はダッシュで逃げても、張り込みするぜ、あいつらは。ナースに変装して娘の病室に忍び込んだりして」

中川の顔色が変わる。羽村をにらみつける目が赤く血走ってきた。

「簡単なんだよな、電話一本ですむんだ」

羽村は携帯電話を円テーブルの上に置き、身を乗り出して「おまえを助けたいんだ」と言った。少し芝居がかったしぐさと台詞だったが、それくらいの見得は切らせてもいいかな、と裕介は思う。

「……なにがですか」

「とぼけるんじゃねえよ。なにかあったんだろ？　大阪で。ぜんぶ話してくれ、俺たちに」

俺たちに――というところで、中川の視線は裕介に移った。

裕介は羽村の話を引き取って、言った。

「江崎さんは俺たちの味方なんだ」

「司令長官気取りだよ」と羽村が横から笑う。

「俺たちに、ゲリラになれ、って言ってる」

「ゲリラ？」

「そーゆー世代なんだよ、あのおっさん」と羽村はまた笑う。

「ゲリラになって、鎌田たちと闘うしかない、って」

「でも、作戦なんてなんにもなくてさ、とにかく中川が会社に残る気になってくれないと始まらないから、それで、俺らがここまで来たってわけだ。知ってるかおまえ、さっきのクッキー、自腹だぞ、俺たちの」

　あまりにもセコい一言に、思わず中川も噴き出しそうになった。

　もっとセコいことを言うなら、クッキーは一箱五千円だった。店に並ぶ詰め合わせの中でいちばん高かった。裕介は最初二千円の詰め合わせにしたのだが、羽村が「せっかくだから」と高いほうにした。「差額は俺が出すからさ」——その話を教えたら、中川はまた噴き出してしまうだろうか。それとも、別の表情を浮かべるだろうか。

「江崎さんの娘もいる。彼女も俺たちの味方だ」と裕介が言うと、羽村は「洋子ちゃんな、ヨーコちゃん」と、『ROOST』ではろくすっぽ口もきかなかったのに、馴《な》れ馴れしくつづける。

「教えてくれよ。大阪でなにがあったんだ?」

　裕介が言った。

　中川は、やれやれ、と肩で息をついて、頬をゆるめた。

「事情を教えるだけですよ。べつにそれで助けてほしいとか、なんとかしてほしいとか、そんなことぜんぜん思ってませんから」

裕介と羽村は黙ってうなずいた。


納得ずくの取引だった。

「僕のこと、被害者扱いはしてほしくないんですよ」

中川は何度も、念を押すように言った。けれど、まなざしは、裕介でも羽村でもなく、虚空をぼんやりと泳ぐ。

「娘の病気ね、金がかかるんです。ふつうのサラリーマンじゃ、かなりキツい。ウチも親父とおふくろに頼み込んで田舎の田んぼや畑をだいぶ売ってもらったんですが、やっぱりね、病気とは長いお付き合いになるんで……タケノコ生活じゃどうしようもないんですよ、結局」

あとはずっと、中川の一人語りになった。

「……ウチの娘、美月ね、去年の九月に手術を受けたんです。十時間ぐらいかかった、大手術です。しかも二度目です。最初の手術も、今度も、治すためというんじゃなくて、最悪の事態のリスクを少しでも下げようっていう手術です。でも、まあ、そのおかげで、心臓がポンコツのまま、とりあえず目先の死の危険からは逃れたわけです。

わかります？　具合は悪いのに、死なないんですよ。元気に飛びまわることはできないのに、これからも生きていくんです。完治する見込みはない。といって、死んでしまうわけでもない。美月はそういう人生を送ることになっちゃったんです。

幸せ、ですよね。ねえ、死ぬよりは生きていたほうがいい。そんなのあたりまえのことですよね。手術を受けてよかった、ほんとうに受けてよかった、心の底からそう思います。

酒井先輩にも子どもさんいるんでしょ？　羽村先輩はどうですか？　あ、独身、バツイチ、ああそうですか、ま、どうでもいいや。とにかくね、親なんですよ、僕は。

そう……親なんです。

親だから、子どもを背負っていかなくちゃいけない。十年で終わる人生よりは、六十年、七十年とつづく人生のほうが幸せに決まってる。

それに、美月はなにも悪いことしてないんですよ。ただふつうに生まれてきただけなのに、心臓だけがふつうじゃなくて、ふつうの子が過ごせるような時間を過ごせなくなっちゃって……。悪いのは親です。子どもにはなんの罪もない。僕と女房は、一生かけて美月に謝って、償って、背負っていかなきゃいけない。あたりまえのことなんです。

でも、生きるためには、お金が要る。それも、めちゃくちゃあたりまえのことですよね。

入院がつづけばお金がかかる。もう、どうしようもないほどあたりまえの話です。心臓移植で一発逆転を狙う手もあります。でも、世界中どこの病院でもタダで手術をしてくれるはずがない。あたりまえ、あたりまえ、あたりまえ……。

善意のひとって、たくさんいるんです。おせっかいなひとたちですね。募金とかなんとか、それはね、すがれば多少は楽になるかもしれませんよ。ありがとうございます、ありがとうございます、皆さんの愛の力のおかげで娘と私たちは助かりました、このご恩は一生忘れません、皆さんに感謝しながら、与えられた幸せを嚙みしめたいと思う次第であります……なんてね。

嫌なんです、僕、そういうの、ほんとうに。かわいそう、かわいそうっていう同情の視線、美月が生まれてからずっと浴びっぱなしですよ。もううんざりなんです。わかったふうな顔をしてものを言うひととは、もう会いたくないんです。虫酸《むしず》が走ります。

とにかくお金ですよ、お金。金がないとどうしようもない。あと何年っていうカウントダウンができるならまだいいですけど、ほんとうに果てのない、ゴールの見えない状況でしょう。なんかもう、大変だと思いません？

そういうときにね、取引を持ちかけられたら……お二人ならどうします？　まともに勤めあげたのと変わらない退職金をもらって、あと、口止め料込みで、十年ぐらい食っていける金をもらって、まあ、引き替えに、なにか会社の存亡にかかわることが起きたら、ちょっと泥をかぶってもらうから、って。パクられても、刑務所に十年も二十年も入れられるわけじゃないんだし、損得勘定で言うなら、まあ、得なんじゃないかな、ってね。

ほら、週刊誌の漫画で特命係長ってのあるじゃないですか。ふだんはダメ社員なんだけど、会長から直々の指令を受けて、表沙汰にならないトラブルを極秘に解決する。僕、じつは特命係長だったんですよ、平社員ですけどね、ははっ。

だから、いつか出番が来るだろう、って覚悟はしてたんですよ。逆に、変な話ですけど、こつこつ働いて、ふつうの給料もらって、切り詰めながら生活するより、早くお呼びがかかって、会社のお役に立って、さっさとお金をもらったほうがいいかな、なんて思ってたんです。

あ……酒井先輩、最初に言っときますけど、「そんなことをしてお金を手にしても娘さんは喜ばないぞ」なんてクサいことは言わないでくださいね。言いそうだからなあ、先輩は。やめてくださいね。追い込まれたことのないひとに、知ったふうなこと言われたくないんです。言われたら、ほんと、殴っちゃいますよ。

あと、羽村先輩、先輩にも武士の情けってあるでしょ。お願いですから、いまの話は外に流さないでくださいね。それがばれちゃうと、僕が困っちゃうんですよ。カッコよく言うと守秘義務ってやつですか、それを破っちゃうと、へたすりゃ金を振り込んでもらえなくなっちゃう。そんなことになったら、ぼく、あなたを殺しますよ。

ちょっと待ってくださいね、ほんとは病院内で携帯電話なんか使っちゃいけないんですけど、いまマナーモードにしてたんですけど……。

ほら、これ——と、中川は携帯電話の画面を裕介と羽村に見せた。

不在着信が三件。

「で、たぶんかけてきた相手は……ほら、やっぱり」

すべて——〈小松原〉とあった。

「留守電に入ってないのか？」

羽村が訊くと、中川は苦笑した。

「証拠になるようなもの、残すわけないでしょ。『ゴルゴ13』とか読んだことないんですか？」

電話を操作して銀行口座への入金を確かめると大きく息をついた。

「……向こうが約束を守ってくれたんなら、こっちもやることをやらなくちゃ。仕事ですから」

長身をゆらりと揺らして立ち上がり、醒めた目で、裕介と羽村を見る。

「会社に戻ります。たぶん記者会見ぐらいしなくちゃいけないでしょうし……嘘泣きの演技、テレビで観ててください」

裕介は思わず腰を浮かせて、歩きだした中川を呼び止めた。

「内部告発したの、おまえなんだろ？　そうなんだろ？」

違う——とは言わなかった。

「なんでそんなことしたんだ、スキャンダルが起きたら自分がヤバくなることぐらい……」

言ったそばから、べつの考えが脳裏に浮かんだ。ハッと息を吞むと、背筋を冷たいものが滑り落ちた。

中川は静かに言った。

「急いでお金が必要な状況になっちゃったんですよ。それだけのことです。僕は……親ですから……」

目が潤みはじめた。「嘘泣きのリハーサル。うまいもんでしょ?」と無理に笑って、談話室を出ていった。

4

帰宅してすぐに始まった夜十時のニュースは、トップから三番目の扱いで不当表示事件を報じた。

鎌田が御輿《みこし》をかつぐ社長は、「前社長時代の『負の遺産』だ」と言い切って、消費者への謝罪と事件の徹底的な究明とを約束した。

中川の記者会見は開かれなかった。いまは切り札を温存し、さまざまな辻褄《つじつま》を合わせてから報道陣の前にさらすつもりなのだろうか。

「ねえ……ほんとにだいじょうぶなの? 会社」

麻美が心配そうに訊く。

「だいじょうぶだよ」裕介はネクタイをはずしながら言った。「現場の下請けはヤバいだろうけど、組織的な関与はしてないし、こっちの屋台骨が揺らぐほどのことじゃないから」

「でも、工場が勝手にやったわけじゃないんでしょ？　大阪支社の担当者の指示だったって言ってたけど」

「……俺には関係ないよ」

「そんなのわかってるってば。営業だって一種の被害者のようなものだって、六時のニュースでキャスターも言ってたし」

麻美は苦笑して、「お得意さんに謝ってまわるんでしょ？　忙しくなるの？」と訊いた。

裕介は苦笑を返して、「たぶんな」と答える。麻美はまだ、自分の夫は営業マンなんだと思い込んでいる。

「卓也と俊樹も心配してた。お父さんの会社つぶれちゃうの？　って」

子どもたちも――同じ。

ビールを飲んだ。珍しく、ごくごくごくごく、と呷るように。

「責任者のひとって処分されちゃうんでしょ？　やっぱりクビ？」

「……ああ」

「裁判とか、そういうのは？」

新聞記事のデータベースで調べてあったが、それをいちいち説明するのも面倒なので、「さあ」と首をかしげ、ビールをまた飲んだ。

犯罪としては決して重大なものではない。ＢＳＥがらみの助成金を食肉会社が不当に受け取った事件では、偽装を指示した社員が詐欺罪に問われたが、それ以外ではたいがい不正競争防止法違反（原産地・品質偽装表示）にとどまり、検察の求刑も懲役一年から二年、有罪判決が出ても、少なくとも裕介が調べた範囲では、すべて執行猶予が付いている。

中川も、おそらく懲戒解雇処分以上の「実害」をこうむることはないだろう。名目は懲戒解雇でも、退職金を上回る額の金がひそかに渡されるのだから、考えようによっては、うまくやったと言えないこともない。

それでも――。

ビールを呷る。腹立ちまぎれに大きなゲップをして、くそったれ、と声に出さずに吐き捨てた。

「え？　なにか言った？」

「……なんでもない」

「あのね、お父さんからも電話があったの。七時のニュースのあと、すぐ。まさか裕介くんがかかわってるんじゃないだろうな、会社がつぶれたりするんじゃないだろうな、って心配してたけど、それはまあ、電話をかけてきた口実みたいなもので……途中からは、やっぱりいつもの愚痴になったんだけどね」

愚痴をこぼされた愚痴を聞かされるのは、つらい。

飲みかけのビールの缶を手に、「風呂に入るよ」とリビングを出ようとしたとき、携帯電話が鳴った。

発信者は——江崎。

寝室に入って電話を受けた。

「ちょっと話したいことがあるんですが、だいじょうぶですか?」

声の背後に、車の行き交う音がする。

「江崎さん、どこなんですか?」

「西新宿。ウエストパークホテルってわかりますか、いま、そこの近くにいて……中川くんの部屋を確認したところです」

鎌田が用意した部屋だという。マスコミとの接触を避け、そして不当表示の辻褄合わせのレクチャーをほどこすために、中川をホテルの一室で隔離——軟禁まがいにしているのだろう。

「……すみません、なにも知らなくて、先に帰っちゃって」

「いや、それはまったくかまわないんですけど、ちょっとまずいことになるかもしれないんですよ」

鎌田は内部告発者の洗い出しを始めたらしい。

疑惑の主は、羽村。

「まあ、実際、彼が業界紙の連中と接触していたことは事実ですしね、商品開発部にいたわけだから、大阪支社の動きを察知しても不思議じゃないってことです。明日にでも呼び出して事情を訊くんじゃないか、って娘は言ってるんです」

「でも、あいつはまるっきり潔白なんだから……」

「会社と警察は違うんですよ」江崎はぴしゃりと言った。「警察は灰色の段階で逮捕することはできませんが、会社は、極端なことを言っちゃえば、わが社に不利益をもたらした疑いがある、っていうだけで解雇できちゃうんですから」

「いや、だって……」

「もちろん不当解雇ですよ、羽村くんが争えばいいんですよ、ユニオンに訴えてもいいし、なんだったら裁判を起こしてもいい。心身ともに消耗しきっちゃう覚悟があるのならね」

少し突き放すような言い方をしたあと、江崎は、ため息交じりに「もうひとつあるんです」とつづけた。

「羽村のことですか？」

「彼、バツイチらしいですね」

「ええ、十年ほど前に」

「届け出が三カ月遅れてるんです。扶養家族手当の不正受給です。これはもう、日付もちゃんと残ってるわけですから、申し開きができないことなんですよ。内部告発の件は灰色のままでも、そこを合わせ技で持ち出されちゃうと、やっぱりね……勝てませんよ、彼は」

「羽村には、そのことは……」

「さっき電話で話しました」

辞める気になっている。内部告発の件も、自分が泥をかぶる、という。

裕介は絶句して、江崎はまたため息をついた。

「中川くんを守ろうとしてるんですよ。もしも内部告発のことがばれちゃったら、中川くんには一銭もお金が入らない恐れがあるでしょう。スケープゴートにされて、取引も反故《ほご》にされて……そんなことになっちゃったら、ほんとうに、すべてがおしまいですから」

　羽村らしい決断だった。どうせ本人は「いいんだよ、どっちにしても辞めるつもりだったんだから、こんなクソ会社」と言うだろうが、そこも含めて――いかにも羽村らしい。

「それで、酒井くん、明日の朝は早起きできますか？　七時頃に会社に着くような感じで。今日の喫茶店に来てください。場所、覚えてますよね？　娘も来ますし、羽村くんも来るって言ってましたから」

　中川の記者会見は、午前十時にセッティングされている。それまでの時間でなにができるのか、なにをすればいいのか、いまはまだ江崎にもわかっていない。

「でもね、ニワトリにだって飛ばなきゃいけないときはあるんですよ。ほんとうは飛べるんですから。自分が飛べるんだってことを、忘れちゃってるだけなんですから」

　そして、江崎は最後に言った。

「中川くんが受け取ってくれなかったお守り、あれは奈良県の石上神宮《いそのかみ》のものなんです。あの神社の境内にいるニワトリは、飛ぶんです。酒井くん、お守りはずっと持っていてください。いいですね、肌身離さずですよ」

いつになく強い言い方をされて戸惑いながらも、裕介は「わかりました」と応えた。電話を切ったあと、ハンガーに掛かった背広のポケットを探り、ぼろぼろのお守りを取り出して握り込んだ。

中川と羽村が「飛んだ」のかどうかはわからない。ただ、二人は、それぞれの決断をして、それぞれの闘いに臨んでいる。

おまえは――？

自分に訊いて、そういう訊き方はずるいよな、と思った。

俺は――？

俺は、どうする――？

ベッドで『オズの魔法使い』を読み返した。終盤近く、正体はペテン師だったオズの魔法使いが、ドロシーたちと対面するシーンだ。

脳みそを欲しがるカカシに、魔法使いは言う。

「あしたの朝、ここへくれば、きみの頭に脳みそをつめてあげよう。しかし、その使い方までは、教えられんよ。それは、きみ自身で見つけるしかない」

心を欲しがるブリキの木こりに、魔法使いは言う。

「心をほしがるなんて、きみはまちがっていると思うよ。たいがいの人は、心があるために不幸になっているんじゃから。それがわかりさえしたら、心がなくて、きみはむしろ、幸せなんじゃよ」

だが、ブリキの木こりは「それは、考え方のちがいだろうな。もし、心をもらえば、おれは、どんな不幸だって、もんくをいわずにたえていくよ」と反論して、魔法使いに、心臓を用意することを約束させる。

そして、勇気を欲しがるライオンに、魔法使いは言う。

「必要なのは、自信をもつことじゃよ。危険に出会って、こわくならない者はいない。しかし、ほんとうの勇気というのは、たとえこわくても、危険に立ちむかうことなんじゃ」

さらに、魔法使いはこんなことも言っていた。

「わかっとると思うが、勇気というものは、いつだって体の中にあるんじゃ」

言葉の一つ一つを中川や羽村や自分自身にあてはめて、子ども向けのおとぎ話だと思っていた『オズの魔法使い』がじつは深い教訓に満ちていることを、あらためて噛みしめた。

ページを少し後戻りさせた。

ドロシーたちが悪い魔女と対決するシーン。カカシとブリキの木こりは悪い魔女にあっさりやっつけられてしまうが、ライオンだけは生け捕りにされる。悪い魔女は、ライオンを馬の代わりにして馬車をひかせたい、と考えたのだ。

檻《おり》に閉じこめられたライオンは、食べ物も与えられず、毎日毎日、魔女に尋ねられる。

「馬みたいに、馬具をつける気になったかね」

だが、勇気のないはずのライオンは、きっぱりと答えるのだ。

「まっぴらだね。庭へ一歩でも入ってみろ、かみつくぞ」

なぜ――?

その先の一節が、裕介のいちばんのお気に入りだった。

〈ライオンが魔女のいいなりにならないでいられたのは、毎晩、魔女がねむったあと、ドロシーが戸棚の中の食べ物を運んできてくれたからです。ライオンが食べ終わって、わらのベッドに横になると、ドロシーもライオンのわきにねそべり、やわらかい、ふさふさしたたてがみに頭をのせて、おたがいに苦労をなぐさめあい、なんとかにげる

方法はないか考えました〉

お気に入りではあるのだが、よく考えると、ドロシーの助けなしでは毅然とした態度を保てないところが、なんとも情けない。

〈でも、お城からぬけだす方法は見つかりません。というのは、お城には、四六時中、黄色いはだのウィンキー人が見張りに立っていたからです。ウィンキー人たちは、魔女のどれいになっていたので、いいつけにそむくことなど、おそろしくてできないのです〉

黄色い肌――というところが、苦い。『オズの魔法使い』が発表されたのは一九〇〇年。欧米列強がアジア侵略を進めていた時代だ。

ドロシーは銀色の靴を履いている。じつはこの靴には魔法の力があるのだが、ドロシーはまだそれに気づいていないので、悪い魔女に脅されて城の中で働かされる。悪い魔女は、その銀色の靴を奪おうとたくらむのだが、逆に、唯一の弱点である水を全身に浴びせられて、溶けてなくなってしまう。これもまた、ドロシーはなにも知らず、手近にあったバケツの水をかけただけだったのだ。

本を閉じた。

現実がこんなにうまくいってくれれば、誰も苦労しない、って……。

心の中でつぶやいて、ナイトスタンドの明かりを消した。

「ねえ……あなた、ちょっといい？」

麻美の声が聞こえたのは、目を閉じてもなかなか寝付けず、枕の位置を細かく調整しているときだった。

「ああ。どうした？」

「お父さんの話だけど……」

今夜の電話は、愚痴だけではなかったのだという。

家の建て替え――。

「わたしたちが一緒に住むんだったら二世帯住宅に建て替えるけど、って言ってるの。もちろん、お金はお父さんが出すんだけど、最初から全然その気がないんなら、とりあえずお風呂だけ介護用のやつに直すから、って言ってるのね。どうする？」

「どうする、って……」

「会社まで通うのキツい？」

「……片道三時間はキツいよ」

横浜出張所開設のことは――もちろん、麻美には話していない。

「そうだよね、やっぱり無理だよね」

「だいいち、こんなこと言いたくないけど、俺は婿養子に入ったわけじゃないんだし」

自分でも嫌な言い方だと思った。

麻美の返事もなかった。

「まあ……嫁とか婿とか、そんなこと言ってる時代じゃないけどさ」

苦笑いで自分の言葉を打ち消したが、麻美が笑い返した気配はなかった。話が途切れた。裕介は掛け布団を耳のあたりまで引き上げる。

明日の朝は早い。六時前には家を出なければならない。「不当表示事件のお詫びで、朝から得意先を回るから」という口実にしたものの、結局は嘘に嘘を重ねて、家族をだましつづけているだけだった。

いつまでこんなことがつづくのだろう。不当表示事件が中川の懲戒解雇で蓋をされ、羽村も会社を追われてしまったら、イノ部屋はどうなるのだろう。俺はその後もイノ部屋勤務になるのだろうか。横浜への異動は、やっぱり無理だろうか。それ以前に、俺はずっと会社に残っていられるのか……？

「ねえ……」

麻美が言った。「このまえからずっと考えてることなんだけど」と前置きして、つづけた。

「別居しちゃおうか?」

息を呑んだ。

「怒られるかもしれないけど……わたし、やっぱり親が目の前で困ってるのを見捨てるなんてできない……」

なにも応えなかった。寝入ったふりをして、逃げた。

勇気のないライオンは、臆病なだけではなく、ずるいライオンでもあった。

最終章

1

午前七時少し前に『ROOST』に着いた。戸口近くで外の様子を窺っていたのだろう、〈準備中〉のプレートの掛かったドアをマスターが細めに開けて「どうぞ」と裕介を招き入れた。「皆さん、もうお揃いですよ」

江崎親子と羽村が、書類を広げたテーブルを囲んでいた。江崎は「おはよう」と裕介に声をかけ、『ニワトリ』――江崎洋子も「お疲れさまです」と微笑みかけたが、羽村はテーブルの上の書類をにらみつけたまま、だった。

裕介が羽村の隣に座ると、江崎が軽く咳払いして、言った。

「ちょっと、まずい展開なんですよ」

「……まずい、って？」

「中川くんの説得がうまくいってないみたいで、ゆうべ一晩がかりで小松原さんが話したんですが、どうも、このまま記者会見に出しちゃうのはまずいんじゃないか、っていう状況になっちゃってね」

つづきの説明は、洋子が引き取った。

記者会見は予定どおり、朝十時から。出席者は、東京本社から社長と専務、そして事件の舞台となった大阪支社からは、ゆうべの最終の新幹線で上京した星川支社長と橋爪営業部長の二人。

気弱な星川支社長と、娘の結婚を来月に控えた橋爪部長——二人を矢面に立たせないでほしい、という中川の願いは受け容れられなかったわけだ。裕介は唇を嚙み、鎌田にそんな気づかいなんてあるわけないだろ、とため息をついた。

「ほんとうは記者会見は中川さんがメインになるはずだったんですけど、動機のところで話がこじれちゃったんですよ。営業本部長の立てた筋書きに、中川さんがどうしても納得しなくて……」

洋子はそう言って、テーブルに広げた書類の一枚を取った。

「このままでは、中川さんを記者会見に出すのは難しいと思います。精神的にかなり動揺してるらしいんで、なにを言いだすかわからない、って」

「動揺？」

「ええ……怒ってる、って言ってもいいんですけど」

「なにかあったの？」

答える前に書類を裕介に渡し、「記者会見が無理な場合、広報部からこれを報道陣にリリースすることになっています」と言う。

〈不当表示問題をめぐる社内調査委員会からのご報告〉――とタイトルが付いていた。

「真ん中の、ちょっと下のところです。中川さんの名前が出てますよね、その先なんですけど……」

報告書は、データの紛失を理由に細かい数字をいっさい記していない、お粗末きわまりないものだった。

ただ、この一件が会社として組織的に関与したものではないということだけ、繰り返し強調している。あくまでも、これは、当時大阪支社生産管理部主任だった中川の個人的な判断に基づく指示――。

「ちょっと待てよ、あいつ、生産管理部なんかじゃなかっただろ」

「名簿や伝票類は、すべてデータを変更済みです」

「……変更じゃなくて、改竄《かいざん》っていうんだろ、それ」

「うるせえな、細かいことにつっかかるなよ」——羽村が、ぴしゃりと言った。書類をにらみつけたまま、「そんなこと言ってる余裕なんてないんだよ、こっちには」とつづけ、膝を激しく貧乏揺すりさせる。

裕介はため息を呑み込んで、報告書のつづきを読んでいった。

個人的な指示による不当表示となった場合、当然、個人的な動機が問われる。

その動機について、報告書はこう書いていた。

〈中川主任は、社内調査委員会の調べに対し、「家族が心臓の病気で長期入院中のため、業務時間外の勤務が困難な状況にあり、また精神的にも不安定な状態に陥っていたので、本来用いるべき添加物の在庫切れの際、業務時間内に処理が可能な別のメーカーの安価な添加物を用いるよう、工場に指示を出した」と答えている〉

背筋がこわばった。一瞬にして顔から血の気がひき、すぐに熱く火照る。

なんだ——？

自分でもうまく名付けられない感情が胸に湧いてきた。息苦しい。みぞおちが肋骨を押すように迫《せ》り上がり、それでいて、腹の底が重く沈む。

　これは、なんだ――?

　洋子の声が、遠くから聞こえる。

「中川さん、娘さんの心臓のことは絶対に出したくない、なにがあっても嫌だ、って……」

　つづいて聞こえてきた羽村の声も、遠い。

「まあ……中川らしいよな、そういうところは」

　さらに、江崎の声も。

「でも、ここで意地を張ると、かえって中川くんにとってよくないんですよ。本部長としては、娘さんの病気のことと、なんというか、他意はなかったんだということで情状酌量の余地を残そうとしたんだと思うんです。世間さまに対しても、社内的な処分についてもね。中川くんは如才のないひとですから、その気にさえなってくれれば、記者会見でもちゃんとそういうことをアピールしてくれる……そう思って、まあ、異例中の異例ですけど、当事者の記者会見をセッティングしたんですけど……こんなふうにこじれちゃうと、今度は本部長も方針を変えると思うんですよね」

　ゲンバツショブン――。

江崎の声が、というより音が、うまく言葉につながらなかった。

ああ、そうか、厳罰処分か……とうなずくと、また背筋がこわばった。

江崎は、話をつづけた。あいかわらず声は遠いままだった。

「着服にしてもいいんだぞ、と脅されたそうです。つまり、娘さんの病気でお金が必要になって、添加物を切り替えたことで生じた差額を着服した、と……。そうなると、横領です。懲戒解雇ぐらいではすまなくなってしまいます」

羽村がそれを承《う》けて、遠い声で「あいつ、かまわないってさ」と言った。「着服でもなんでもいいから、理由のところはギャンブルあたりにしておいてくれ、って」

「……とにかく、娘さんの心臓のことは絶対に出したくないって、その一点張りなんです。だから、会社も記者会見はあきらめる代わりに、こうして先にプレスリリースしちゃおう、って……」

洋子は深いため息をついて、「十時ぎりぎりまで中川さんを説得しますが、だめな場合には十時に報告書を配ることになってます」と話を締めくくった。

そのまま、しばらく沈黙がつづいた。沈黙でさえ、遠い。なにか目に見えない膜に全身が包み込まれたような気がする。

マスターが、裕介のコーヒーを持ってきた。いれたてのコーヒーの香りが鼻をくすぐった、そのとき——シャボン玉の泡が弾《はじ》けるように、音が不意によみがえった。

コツ、コツ、コツ、コツ……。

ノックのように聞こえる。

誰が、どこをノックしているんだ——？

正体はすぐにわかった。貧乏揺すりをする羽村の膝がテーブルを下から叩く音だった。なんだよ、と拍子抜けして、裕介はコーヒーを啜る。

コツ、コツ、コツ、コツ、コツ、コツ……。

今度は、別の方角から、同じようなノックの音がする。

江崎だった。眉間に皺を寄せて手元の報告書をあらためて読み返しながら、電卓を叩くように人差し指をテーブルに打ちつけている。

裕介はまたコーヒーを啜った。

コツ、コツ、コツ、コツ、コツ、コツ、コツ、コツ……。

三つ目のノックの音——正体がわからない。怪訝に思って見まわすと、いままでは聞き取れなかった壁の時計の振り子の音だった。

なんなんだ、いったい……。

コーヒーを啜る。背筋はこわばったまま、みぞおちは迫り上がったまま、腹の底は沈み込んだまま。

洋子と目が合った。裕介のまなざしがこっちに来るのを待ち受けていたように、洋子は、少し寂しそうに微笑んだ。

どうするの？　ライオンさん——聞こえないのに、聞こえた。

臆病なライオンさんは、ずっと臆病なまま、なんですね——聞きたくないのに、聞こえる。

そして、麻美の声も。

別居しちゃおうか——思いだしたくないのに、よみがえる。

コーヒーカップを置いた。

江崎が言った。

「中川くんをホテルの部屋から連れ出さないことには、なにも始まりませんね」

羽村が怒気をはらんだ声で「そんなのわかってんだよ」と応じた。

裕介から目をそらした洋子も、「たぶん」と話に加わった。「このままだと、会社は中川さんを訴えるだろうし、場合によっては、取引もご破算になっちゃうかも……」

「わかってんだよ！」羽村がいらだたしげに声を張り上げた。「そんなの、もう、こっちだってわかってんだよ、ぜんぶ！」

裕介は黙っていた。なにも言えなかった。コーヒーを啜る。ただ口を閉ざす理由を手放したくないというだけのために、苦みの増したコーヒーを啜りつづける。

バタン、と音が聞こえた。時計が七時を指して、観音開きの扉が勢いよく開いたのだ。

中から出てきたのは、鳩ではなくニワトリ——最初に見たときほどの驚きはなかったが、逆にそのぶん、「ニワトリは一度だけ飛べる」の言葉が胸をキリキリと締めつける。

「あと三時間か……」と江崎がつぶやいた。

裕介はコーヒーを飲み干して、カップを置いた。カップの底に描かれたニワトリの絵は、確かに、翼を広げて飛んでいた。

ニワトリが七回鳴いて、時計の文字盤の下にひっこむと、羽村がためらいながら口を開いた。

「一つだけ、手があるんだよな。でも、これ、いくらなんでも人間としてやっちゃいけないっていうか……ヤバいことなんだけど……」

しゃべりながら何度も首をかしげ、低くうめいて、顔をゆがめる。

「よかったら教えてください」江崎が言った。「あらゆる可能性を探りたいんです、こっちも」

「いや、でも、まずいって、さすがにこれは……」

「羽村くん、いいから教えてください。まずいかどうか、みんなで考えましょうよ」

江崎にうながされて、羽村は顔をゆがめたまま、言った。

「中川の娘さんがさ……要するに、なんていうか……死んじゃったことにしちゃうんだよ……たとえばだぜ、ほんと、たとえば、の話だから……それをさ、記者会見の前に中川に伝えれば、あいつはもう会社に借りをつくる必要はなくなるわけだから、言いたいこと言って、やりたいことやって……」

声はそこで急にしぼんで、「そんな嘘、つけるわけないよな」と、ため息交じりのつぶやきに変わる。

確かに――それは無理だ。

江崎も、洋子も、裕介も、黙りこくってしまった。

「……レーニンは言っています。蜂起は大衆による革命の昂揚に依存するが、陰謀には依存してはならない、と。ボー・グエン・ザップ将軍もそのことは強調しています」

江崎が言うと、羽村は気まずさのせいもあるのだろう、険のある声で「またベトナム戦争かよ」と言った。

「ベトナム戦争じゃなくて、インドシナ戦争ですよ」——割って入ったのは、マスターだった。

マスターは、四人分のコーヒーのお代わりを運びながら、誰にともなく言った。

「一九四五年の武装蜂起に際して、インドシナ共産党はこんなスローガンを掲げたんでしたっけ。……『不意の行動、迅速な行動をとり、去るに跡を残さず、来るに見えざる如《ごと》く』……」

江崎は小さくうなずいて、「要はフットワークなんですよね」と言った。「ゲリラが正規軍に勝つには、速さ、速さ、それをなによりの武器にしなければ」

速さ——。

裕介はその言葉を胸の奥で反芻《はんすう》した。いまの俺たちが「速さ」を得るには、どうすればいい——？

ゆうべ読み返した『オズの魔法使い』を、ぼんやりと思いだした。

ドロシーたちは旅の途中でさまざまな闘いをつづけてきた。カンザスの故郷に帰るというのも、ドロシーにとっては運命との闘いだったのだろう。

臆病なライオンの一番の見せ場は、物語の終盤、大グモを退治する場面だが……あれは、大グモが寝込んでいるところを狙って不意打ちを仕掛けたのだった。

なにか、いまの俺たちにヒントになりそうな武器や仲間はいなかったっけ……。

ふと思い浮かんだのは、空飛ぶサルたちと銀の靴だった。

カカシとブリキの木こりとライオンは、ドロシーと別れたあと、空飛ぶサルたちに運んでもらって、それぞれの望む国へと飛んでいく。

そして、ドロシーは、銀の靴の踵《かかと》を三回打ち鳴らして、カンザスへ瞬時に帰っていくのだ。

いまなら、なんだろう。一瞬にして飛んでいける道具、山や谷や川を軽々と飛び越えていける道具は――。

意識して口にしたわけではなく、思いを巡らせているうちに、勝手に言葉がこぼれ落ちた。

「……インターネットで、なにかできないかな」

江崎と羽村と洋子が振り向いた。三人とも驚きと期待の入り交じった表情だった。

「あ、いえ、あの……いまのは、ほんと、ちょっとした思いつきで言ってみただけなんだけど……」

なんだよ、と羽村はあっさり失望のため息をついた。

江崎も、やれやれ、というふうに裕介から視線をはずす。

だが、洋子は裕介をじっと見たまま目をそらさず、「中川さんがこっちに来てからなにかネット関係でやった仕事ってあるんですか?」と訊いた。

「……直接の関係はないかもしれないけど、病院の給食システムのレポートはUSBメモリーに入れてたな。ウェブに飛べるように、って」

洋子は、なるほどね、と大きくうなずいた。

2

急いで会社へ向かい、イノ部屋に駆け込んだ。

江崎の机の中にしまいこまれていた中川のレポートを取り出した。

「早くして」

洋子があせった声で言った。「わたし、そろそろホテルに戻らなきゃいけないから」と地団駄を踏むように体を揺する。

「わかってるよ、すぐだから、すぐ出るから」

裕介はUSBメモリーをパソコンに挿した。その横では江崎が、「いやぁ、申し訳ないですねえ、私、コンピュータってのはぜんぜんわかんないんで……」とすまなそうに頭を下げ、羽村は戸口に立って見張りをつとめる。

パソコンの画面にレポートのトップページが表示された。裕介が漫画喫茶で見たときと同じように、『武蔵野医大付属病院の給食システムについて』とタイトルが掲げられている。

「レポートとしては、ほんとにみごとな内容なんだ。でも……」

裕介がつづく言葉を預けると、洋子は察しよく話を引き取って、「確信なんて、なにもないですよ」と言った。

「そうだろ?」

「ただ、ひっかかるんですよ」

「なにが?」

「中川さん、最初からわかってたと思うんですよ。レポートをつくったって、本気で読むひとなんて誰もいない、って」

「まあ……それは、そうだな」

「あと、小松原さんからレポートを出すように急に言われて、明日までには無理ですって答えて、でも、実際にはもうレポートは仕上がってたんですよね」

「ああ……」

「読まれるはずもないレポートをあらかじめ書き上げてあるなんて、いくらなんでも用意周到すぎると思いませんか？」

裕介は小さくうなずいた。隣で江崎も、それはそうだなあ、と感心したようにうなずき、戸口に立つ羽村も同じように納得顔になった。

「さ、早く、どんどん奥に入っていってください。リンクの張ってあるところはぜんぶクリックして」

「……わかった」

裕介が作業にとりかかると、洋子は江崎に「お父さん、この部屋はテレビないの？」と訊いた。

江崎は「だいじょうぶだ」と答え、バッグから携帯用の液晶テレビを取り出した。

「じゃあ、ニュースでもワイドショーでもいいから、点けといて」

「よし、わかった」

さらに、洋子は羽村にも声をかけた。

「羽村さんって、イノ部屋に来る前は商品開発部でしたよね？」

「ああ……そうだけど」

「土地勘っていうか、資料のある場所とか、サーバーにアクセスするパスワードとか、まだ覚えてます？」

「あたりまえだろ、こっちは部次長だったんだからな」

羽村が力んで答えると、洋子は、ラッキー、と口を小さく動かした。

「じゃあ、いますぐ開発部に行って、情報を集めてもらえますか？」

「俺が？」

「そうです。開発中の製品のデータが欲しいんです」

最初は怪訝そうだった羽村も、洋子が「特に、添加物」とつづけると、「そうか！」とはずんだ声で答えた。

確かに洋子の言うとおりだった。現行商品のデータはすでに改竄されているはずだが、開発途中の製品なら、もしかしたら……の可能性がある。不当表示事件の際に使われたのと同じ添加物が新製品にも用いられていたなら、会社ぐるみの関与を示す大きな証拠になりうる。

「早く行ってください。他の社員が出社する前に調べないとアウトですから」

現在時刻、午前七時二十五分。あと小一時間もすれば、社員が次々に出社してくるだろう。

「羽村さん、早く！　急いで！」

中川のレポートは随所にリンクが張られていた。官公庁のホームページに、同業他社のホームページ、海外の大学の研究室、マニアのつくった画像付きカタログ、配送業者の料金表……しらみつぶしにチェックしていったが、どれも、ごくまっとうなリンク先ばかりだった。

「……やっぱり、だめなんじゃないかなあ」

つい弱音を吐いた裕介を、洋子は「簡単にあきらめないでください」と強い口調でたしなめた。「まだぜんぶ確かめたわけじゃないんでしょ？　可能性のあるうちは、最後までがんばってください」

「がんばるっていっても、クリックするだけなんだけどなあ……」

ほんとうは、弱気になったのではなく、自分が情けなくなったのだ。リンクの箇所を見つけてマウスをクリックするだけ——はっきり言って、誰でもできる作業だ。

中川はホテルの一室に軟禁されながら、娘と父親としての自分の誇りのために闘っている。

羽村もいまごろ、時計の針と競争しながら、必死になって新製品のデータを探しているはずだ。

洋子も別のパソコンで手がかりになりそうな情報を探しているし、江崎は江崎で、かつての――革命を志すゲリラ戦士だった頃の仲間に電話で連絡をとり、三杉産業をめぐる一発逆転の情報を集めようとしている。

それに比べて、裕介に与えられた任務は、あまりにも弱い。

長年「その他大勢」扱いに甘んじてきた裕介は、いま、「その他一人」になってしまった。数人で写した写真に「一人おいて○○氏」と紹介文が付いているときの、「一人おいて」の存在でしかない。

「だめだ……ほんとに、なにもないよ……」

「がんばってください」

「だって、確信があるわけでもないし、やっぱり、それは考えすぎだよ。中川だって、そこまで先のことを見越してるわけないって」

『オズの魔法使い』の臆病なライオンは、物語の終盤で、欲しくて欲しくてたまらなかった勇気を得る。

だが、俺は――なにも得ていない。

マウスから手を離した。

「なあ、羽村を手伝ってくるよ。そのほうが確実だよ。もう八時近いし、そろそろ開発部にもひとが来る頃だから、あいつ一人に任せるより、二人で手分けして探したほうが……」

「だめです」

「なんでだよ、きみの勘に付き合って、それでなにも見つからなかったらどうするんだよ」

「見つからないって決めつけないでください。開発部のほうは羽村さんに任せて、とにかく早くチェックしてください」

「無理だって。なにも出てこないよ、どうせ」

ため息をついて、椅子の背に体を預けた。もう、やーめた――子どもじみたポーズを、わざと取った。それが役立たずの自分にはなによりふさわしい気がしたから。

「開発部に行ってくる」

洋子から目をそらして立ち上がりかけた、そのときだった。

肩を後ろから、というより上から押さえつけられた。江崎が背後に回り込んでいたのだ。思いのほか強い力に、裕介はそれ以上膝を伸ばすことができず、椅子に尻餅をつくように座った。

「持ち場から離れるな」

イノ部屋の無気力な看守ではなく、ゲリラ部隊の司令官の声だった。

「ゲバラは言っている。〈ゲリラ戦士は戦闘にさいしては大胆沈着に行動しなければならない。戦闘に先だって有利な面と危険とを慎重に分析し、肯定的な結論がでないような場合でも、情勢にたいし楽天的態度を失わず、正しい決定を下すことが要求される〉……わかるな？　要するに、あきらめるな、ということだ」

つづけて、洋子も言った。

「あきらめないことも、立派な勇気だと思います」

その一言で吹っ切れた。

裕介は背筋を伸ばして椅子に座り直し、マウスをつかんで、パソコンの画面をにらみつけた。

携帯用の液晶テレビは七時のNHKニュースを映していた。すでに番組は終わり近くにさしかかっている。テレビを点けたタイミングが七時台のニュースのあとだったので、まだ不当表示事件についての報道はなかった。

時間がない。イノ部屋のゲリラ部隊に残された時間は、刻一刻と失われていく。

きましょう」

「信じましょう」江崎はぽつりと言った。「我々の闘いは報われるんだ、と信じ抜きましょう」

そして、再び、ゲバラの言葉――。

〈かれの面魂にみなぎっている深い信念が、かれをさらに一歩前進させよう。それは最後の一歩ではない。隊長に指示された地点に達するまで、一歩一歩、また一歩と歩きつづけるのだ〉

テレビが、ニュースのヘッドラインを映し出した。

「あ、出ちゃってるなあ、ここ」

ほら、と江崎は小さな画面の一点を指差した。

〈三杉産業・不当表示事件　今日10時から会見〉

「……予定どおりなんですね」

裕介が唇を噛むのと同時に、洋子の携帯電話が鳴った。

ディスプレイを見た洋子は、「小松原さんから、です」と眉をひそめて、電話をつないだ。

「はい……おはようございます」

小松原がなにか言った。

「はい、わかっております。いま会社に向かっているところですが、ホテルに直行でよろしいんですか？」

小松原がなにか言う。

「かしこまりました。それでは、フロントで小松原さんのお名前を出せばよろしいんですね？」

小松原は、さらになにか言った。

「え？　いえ、そんな……はい、だいじょうぶですけど……」

洋子はかすかに声を震わせて、裕介をちらりと見た。困惑を必死に押し隠している。

江崎にもそれが伝わったのだろう、洋子を食い入るように見つめた。

小松原の言葉はつづく。今度はかなり長い台詞になった。

「いえ、ちょっとそれは……」

洋子の声が跳ね上がる。

電話は切れた。小松原が言いたいことだけを一方的に言った、という感じだった。

洋子は受話器を持っていた手をだらんと下げて、全身が脱力してしまったようなため息をついた。

「どうした？」と江崎が訊く。

「小松原、なんだって？」と裕介も訊いた。

洋子は、怒りなのか、悲しみなのか、目を赤く潤ませていた。

「ホテルに……中川さんの奥さんを連れて来てほしい、って……本人がだめなら、奥さんからの告白ってことにするから、って……」

江崎はこめかみに血管を浮かせて「ふざけやがって……」とうめき声で言った。全身が身震いしていた。

裕介も同じだ。だが、いまは、江崎とともに怒りに身を震わせるよりも、クリックを繰り返すほうが先だ。

「お父さん、わたし、とりあえず武蔵野医大に向かうから……行かないとどうしようもないから、行くけど……なにかあったらすぐにケータイに電話して、お願い……」

「行くな！　行くことなんかない！」

「そんなこと言ったって……」

「おまえに犯罪の片棒を担がせるぐらいなら、お父さんが行く！」

「なに言ってんのよ！　持ち場を離れるなって言ったの、お父さんじゃない！」

江崎と洋子の言い合いは、ドアが勢いよく開いた音で断ち切られた。

羽村が、プリントアウト用のストックフォームを手に、イノ部屋に駆け込んできた。

「あったぞ！　あったあった、あった！」

部屋の空気は、一変した。その空気に吸い込まれるように、パソコンの画面をスクロールさせていた裕介のまなざしが、一点でぴたりと止まった。

不自然な箇所に、リンクのタグが埋め込んである。

〈……私は大阪支社勤務中……〉の〈大阪支社〉のところだ。いままでの例からいけば、リンク先は大阪支社のホームページのはずだが、羽村の報告を受けた江崎と洋子の「よし！」「やったぁ！」という歓声に後押しされて、頼むぞ、とマウスをクリックした。

裕介は息を呑んだ。

リンク先は、プロバイダーが提供しているバックアップ用のウェブスペースだった。

名称未設定のファイルが一つ、ある。

江崎や洋子や羽村もあわてて画面の前に回り込んだ。

「……いくぞ」

ファイルにはロックがかかっていて、パスワードを求めるメッセージが出た。

〈ｎａｋａｇａｗａ〉——だめだった。〈ｍ·ｉｓｕｇ·ｉ〉——これも、だめ。

「回数に制限があるんじゃないか？」と羽村が言った。

あてずっぽうのパスワードを繰り返していると、取り返しのつかないことになってしまうかもしれない。だが、入力しないことには、どうにもならない。

勇気だ——。

勇気を持て——。

「ちょっと俺がやってみるよ」と割って入ろうとする羽村を制して、裕介はキーボードを叩いた。

〈ｍｉｔｓｕｋｉ〉

美月——中川の娘の名前だった。

クリック。

その直後、イノ部屋に再び歓声が湧き起こった。

3

ファイルを各報道機関にメールで送った。送信ボタンをクリックするたびに羽村は「食いつけよぉ、てめえら、これマジなんだからな……」とつぶやき、裕介はパソコンの画面に表示される〈送信完了〉の文字を祈るように見つめる。

「だいじょうぶです」

洋子が言う。「最強のカードだもん、ジョーカーを出して負けるはずないから」——

きっぱりと。

実際、中川がウェブ上にバックアップしていたデータは、ジョーカーかどうかはともかく、クローバーのエース級の、一発逆転に向けてかなり有力なものではあった。

大阪支社が下請けに出した添加物の発注データが、そのまま載っている。これを見れば、組織ぐるみの関与は疑いようがない。

「わたし、そろそろ病院に行かないと……」

洋子が席を立った。

「行くことないだろ」羽村が意外そうに、そして不服そうに言う。「ほっとけばいいんだ。鎌田や小松原の命なんて、あと一時間もないんだから」

「でも……」

「でもクソもないんだよ。病院に行って、中川のカミさんに、なんて言うんだ？

鎌田や小松原の片棒かつがせるつもりなのか？」

洋子はかぶりを振って、にらみつける羽村から目をそらすことなく、言った。

「奥さんは、まだ知らないと思うんです。中川さんと会社との約束のこと、なにも。でも、知らないままじゃよくないと思うんです」

「教えるのか」

「ええ、そのつもりです」

「やめとけって、そんな、おまえ、中川が黙ってたのを横から教えることなんてないだろ。中川がせっかく黙ってたんだから、あいつの気持ちも考えろよ」

確かにそうだ、と裕介も思う。

わかったふうな顔をするひとがいちばん嫌いなんですよ――中川の口癖も一緒に思いだした。

だが、洋子は羽村と裕介を交互に見て、「じゃあ奥さんの気持ちはどうでもいいんですか?」と訊いた。「奥さんだけじゃなくて、娘さんの気持ちも……『なんにも知りませんでした』で、ほんとうにいいんですか?」

羽村は言葉に詰まる。

裕介も、なにも答えられなかった。

「状況がどう変わるかわからなくても、とにかく奥さんと娘さんにはほんとうのことを話しておかないと、私、だめだと思うんです」

中川の家族が、裕介自身の家族と重なり合う。麻美も、卓也も、俊樹も、「イノ部屋」のことはまだなにも知らない。知らないまま、裕介を我が家に残して、横浜の実家へ引っ越そうとしている。

「なにか動きがあっても、わたしのケータイには電話しないでくれる？　なんとなく、さっきの電話の雰囲気だと、小松原も病院に行きそうだから。こっちから、こまめに連絡入れるから」

「わかった」と応えた江崎は、裕介を振り向いて、「酒井くん、お守り持ってますね」と訊いた。裕介がうなずいて石上神宮のお守りを差し出すと、「洋子に預けてください」と言う。

羽村は「いまさら神頼みかよ」とあきれて言ったが、それにかまわず洋子はお守りを受け取って、江崎に訊いた。

「奥さんに渡せばいい？」

「いや、できれば中川くんに持っていてほしいな」

「わかった。じゃあ」

小走りに部屋を出ていく洋子を、羽村は、もう引き留めなかった。

代わりに江崎を振り向いて、「ゲリラってのは口が固くなきゃいけないんじゃなかったっけ?」と苦笑する。「家族にだって任務を話しちゃいけないんじゃないのか?」

江崎が苦笑いを返して肩をすくめたとき——羽村のパソコンにメールが着信した。

画面を覗き込んだ羽村は、裕介と江崎に向けてVサインを送った。

メールを送った報道機関から、最初の問い合わせが来たのだった。


九時の始業と同時に、社長室と営業本部は報道陣への対応でパニック状態に陥った。秘書室長や営業本部のスタッフは「十時から記者会見を開きますので」と繰り返したが、新たな内部告発の資料を得た報道陣は、もちろん、簡単には引き下がらない。大阪支社のデータが漏れたことは、ホテルに詰めている鎌田にも、すでに知らされているだろう。小松原と二人で、大あわてで知らぬ存ぜぬを押し通す算段を立てているはずだ。

「逆転勝利、これで決まり、って感じかな」

満足げな羽村とは対照的に、江崎の表情はまったくゆるまない。会社の玄関前に集まる報道陣の数が増えるにつれて、むしろ顔は険しさを増してきた。

「……どうしたんですか?」

裕介が訊いても、「うん……いや、べつに……」と答えは煮えきらない。

羽村が「なにかあるんなら言ってくれよ」と迫っても言葉を濁すだけで、何度かそのやり取りを繰り返しているうちに、ついには、ぴたりと黙り込んでしまった。そんな江崎がようやく口を開いたのは、九時二十分を回った頃だった。

「……早すぎて、遅すぎる」

つぶやく声を、羽村が聞きとがめた。

「よお、江崎さん、なにぶつくさ言ってんだよ。さっきから変だぞ、ちょっと」

また口を閉ざそうとする江崎に詰め寄って、「そんなに俺らのこと信頼できねえのかよ！　俺ら、仲間じゃねえのかよ！」――ひさびさに、机を叩いた。

信頼。仲間。子どもじみた言葉が、たぶん、子どもじみているからこそ、裕介の胸にまっすぐに届いた。

麻美や子どもたちのことを、また思いだした。俺はまだ臆病なライオンのままなんだな、とも噛みしめた。いちばん勇気を振り絞らなければならないところで、まだ身動き取れずに立ちすくんでいる。

江崎は、やれやれ、とため息をついた。「仲間っていうより、同志って言ってほしいんですけどねえ」と言って、頬をほんのわずか、ほころばせた。だが、それはつかの間のことで、再び眉間に深い皺が走る。

「マスコミに流したのが、ちょっと早すぎたかもしれません」

「なんでだよ、ちゃんとあのデータを信じて取材に来てるじゃねえかよ、みんな」

「それが……早すぎるんです」

「はあ？」

「理想的なタイミングは、記者会見の直前に大騒ぎになることだったんです。そうすれば、営業本部としても作戦の立てようがないから。でも、この段階でこんなに騒ぎが大きくなれば、逆に向こうに態勢を整え直す時間を与えたことになる」

「……ちょっと待てよ、そんなの、いまさら言うなっての。俺らがメール流したとき、あんた、なにも言わなかったじゃねえかよ」

「賭けだったんです。マスコミが動きだすまでにどれだけ時間がかかるか。匿名のメールですから、最低限にせよ裏をとってから動くとすれば、タイミングが遅いと、記者会見に間に合わなくなる。そうなったら、なんの意味もなくなるから、しかたなかったんですよ、早めに流したのは。ただ、九時の時点であんなに騒ぎだすのは、予想外でした」

「……だいじょうぶだよ、考えすぎだって。あと三十分ちょっとだぜ、記者会見まで。あいつら、いまごろ泡食ってあわててるだけで、なにもできないって。ほんと、年寄りは心配性なんだからさあ」

「あの二人をなめないほうがいいですよ」江崎がぴしゃりと言う。「それは、あなたがいちばんよくわかってるはずでしょう」

羽村は舌打ちして、そっぽを向いてしまった。

「江崎さん」裕介が訊いた。「遅すぎる、っていうのは?」

「洋子です」

言われて、気づいた。とっくに武蔵野医大付属病院に着いているはずの洋子からの連絡が、まだ、ない。

マスコミの動きが早すぎて、洋子からの連絡が遅すぎる——。


九時三十分。

人事部長の永田《ながた》が、ノックなしに「イノ部屋」に入ってきた。手に、紙を三枚持っていた。

永田は戸口に立ったまま、ぶしつけな視線で部屋にいる三人と紙とを見比べて、

「全員、本日付で懲戒解雇処分になったから」と言った。

服務規程違反——会社の名誉を著しく傷つけた、から。

「社としては法的な処分を求めることも検討している、とも付け加えておく」

社外秘文書の改竄、および外部への漏洩――。

「確かに通知したからな」

永田は抑揚のない口調で言って、懲戒解雇を告げる三通の辞令を手近な机に置くと、そのまま部屋を出ていこうとした。

呆然として声も出なかった裕介は、羽村の怒鳴り声で我に返った。

「おい、待てよ！　てめえ！」

永田の背中に摑みかかろうとする羽村を、江崎が後ろから抱きかかえて止めた。

「教えろ！　誰だ！　誰がチクったんだ！」

永田は怪訝そうに「私は指示を受けて、伝えただけだ」と答えた。

「誰だよ！　誰の指示だよ！」

「営業本部長だ」

「永田部長、一つだけ教えてください」江崎の声は冷静だった。「我々が文書の漏洩と改竄をしたという証拠はあるんですか？」

「だから……私は本部長の指示を受けただけだから……」

「そんなのはどうだっていいんだよ、もう！」羽村がまた怒鳴り散らす。「誰だよ！

誰がチクったんだって訊いてるんだよ！」

「だから、私はなにも知らないと言ってるだろう」

永田は逃げるように部屋を出ていった。

羽村は「おっさん！　離せよ！」と江崎の両手を払いのけた。一瞬、永田を追いかける姿勢になったが、思いとどまって、江崎を振り向いた。

怒りで目が赤く潤み、感情の高ぶりが、全身を震わせていた。

最初のショックから立ち直れないでいる裕介も同じだ。考えたくない可能性が、しかし確かに、頭の片隅に浮かんでいる。違う違う、絶対に違う、そんなはずがない、とどんなに打ち消そうとしても、消えてくれない。

「なあ、江崎さん……あんたは、どう思う？」

「どう、って？」

「俺たちのことをチクった奴だよ。考えられるのは二人しかいないんだ。そうだろ？　二人だけ、だよな？」

裕介の考えていたことと、羽村をこんなにも怒らせていることは、一致していた。そして、江崎もたぶん同じ思いをめぐらせていたのだろう、さほどの動揺は見せず、覚悟を決めたように、答えた。

「一人は、中川くんですね」

「……もう一人のほうだ、問題は」

「ウチの娘、ですか」

そんなはずはない、と否定することはなく、といって開き直っているわけでもなく、まるで算数の計算問題の答え合わせをするような淡々とした様子で、江崎は言った。

羽村は無言で江崎をにらみつける。裕介も、黙ったまま、江崎の次の言葉を待った。

罠だったのかもしれない――すべては、最初から。

懲戒解雇に価する、逃れようのない行為へと俺と羽村を導くために、彼女は俺たちの前に現れたのかもしれない。

まさか、とは思う。だが、その可能性は、どうしようもなく、ある。

江崎は冷静なまま、言った。

「……女性には多くの特殊任務を課することができよう。これらの特殊任務のなかでもっとも重要なものの一つ、おそらく最重要任務――は、諸戦闘部隊間の連絡、なかんずく敵地内にいる部隊との連絡である……と、ゲバラは言っています。それから、こんなことも。……形は小さいがきわめて重要な物品、手紙および金などの運搬は、ゲリラ軍が絶対の信頼をおいている女性にまかすのがよい。女性はあらゆる詐術をつかってこれらのものを運ぶことができる。いかに野蛮な弾圧があり、捜査が厳重であろうとも、女性にたいするあつかいは男にたいするよりはゆるやかなものである……」

羽村は「ぐちゃぐちゃ言ってんじゃねえよ！」と、江崎の言葉をはなから聞いていなかったが、裕介は違った。

形は小さいがきわめて重要な……運搬……あらゆる詐術……。

石上神宮のお守りが、あのボロボロの古びたお守りが、頭に浮かんだ。

羽村はさらにつづける。

「あんたが娘を信じるのは勝手だけどな、あいつはあんたのことも裏切ってたかもしれないんだぞ。そのこと、わかってんのか？」

江崎の顔色が、変わった。赤く染まった。怒りの形相になった。

「おまえは、同志のことも信じられんのか！」

羽村の胸ぐらをつかんで、「仲間だの同志だの、おまえが言うのは口だけか！」と怒鳴った。

「なっ、なんなんだよ……」

「信じろ！　同志を信じろ！」

「わかった、わかったから、痛《いて》えよ、離せよ、おっさん」

揉み合いになった二人の間に、裕介はあわてて割って入った。

石上神宮のお守りのことを、もっと詳しく訊かないと――と江崎を振り向いたら、顔に唾がバッとかかった。耳がジンと痺れた。

「信じることのできない奴は、臆病者だ！」と江崎が羽村を怒鳴りつけたのだ。

スラプスティック・コメディーのパイ投げのシーンで、巻き添えを食ってパイを顔面にくらう間抜けな脇役のようなものだ。

「僕は信じます！」

思わず怒鳴り返した。脇役が怒って、また別の脇役にパイをぶつけ返すように。

そのとき――江崎の携帯電話が鳴った。

4

色めきたつ羽村と裕介を、口の前に人差し指を立てて制した江崎は、二人に背を向け、慎重なしぐさで携帯電話を耳にあてた。

小さく腕を振った。よっしゃ、というガッツポーズに似ていた。

「おい……なんなんだ？」

羽村が小声で裕介に訊く。

「さあ……」

首をかしげたものの、悪い展開じゃなさそうだぞ、と裕介は思う。

江崎が振り向いた。笑顔だった。電話を切って、満足そうに大きくうなずいて、言った。

「盗聴、成功です」

「うそっ！　マジかよ！」と羽村が声を張り上げた。

「ここで冗談を言えるほど、私も度胸はありませんよ」——これが江崎なりの、せいいっぱいの冗談なのかもしれない。

「いまの電話……洋子さんから、ですか？」と裕介が訊いた。

江崎は含み笑いのまま、「裏切り者扱いされたって知ったら、あいつ、怒りますよ」

と答える。

「盗聴器は、じゃあ、あのお守りの中に入れてたんですか？」

「ご名答」

「それを、洋子さんが中川に渡した、と……」

「そうです」

江崎はうなずいて、「ここからは私の想像ですが」と前置きして、つづけた。

奥さんの説得に時間がかかったのだろう、洋子がホテルに駆けつけたときには、中川はすでにがっちりとガードされ、ひそかに接触する機会は訪れそうになかった。

となれば、中川が――そして鎌田たちが詰めている部屋に直接入るしかない。

「おそらく、そのために、私たちの情報リークを使ったんだと思いますよ。営業本部長にどうしてもいまお耳に入れておきたいことが……なんて感じで部屋に入れてもらって、私たちのことを伝えたんでしょう。いわば取引です、肉を切らせて骨を断つための」

そして、洋子は中川に石上神宮のお守りを渡した。たぶん、あえて鎌田たちの見ている前で、「せめてもの気持ちです」などと言いながら、奥さんに会社との取引を知られたことで放心状態になっている中川に受け取らせた……。

江崎のその推理は、あとになって、すべて正しかったことがわかる。

「データと違って、こっちは生の会話ですからね。これはもう、マスコミの食いつきも早いし、インパクトも強いですよ」――その予想も、みごとに当たった。

ほどなく洋子からメールで音声ファイルが送られてきて、それを羽村と裕介が再びマスコミに流した。

そして。

ここからは、夕方のニュースが緊急特集を組んで報じた記者会見の模様——。

冒頭、社長の挨拶をさえぎって、一人の記者がプリントアウトした添加物の取引記録を手に質問を放った。

小松原がすかさずデータの改竄だと答え、改竄と漏洩を犯した社員も特定し社内処分をおこなった、とつづけたとき、会見場に駆け込んできた別の記者が、最初の記者からマイクを奪い取って、ノートパソコンのスピーカーに近づけた。

小松原の声が会見場に流れる。

「いいか、中川くん、君がどうしても認めないのなら、広報から文書で発表するしかない。でもな、記者会見が終わっても契約はつづいてるわけだからな、それを忘れるな。この事件は、きみが単独で起こした。会社はいっさい関係ない。わかってるな？」

報道陣がどよめくなか、今度は鎌田の声が響きわたる。

「これは取引です。契約です。こちらはもう金を振り込んでる。確認してくれましたよね？　じゃあ、今度はあなたが約束を守る番だ。そうでしょう？　娘さんのために、有意義にお金をつかってあげてください」

会見場は、一転、静まり返った。「やめろ！　止《と》めろ！」と叫ぶ小松原の声が、いかにも空回りした様子で壁に跳ね返る。

ここから先は、音声を別に流して放送された。

中川の声が、聞こえる。

「……イノ部屋のみんなは、どうなるんですか……」

「彼らには厳正な処分を下します」と鎌田が答え、小松原が引き取って「奴らがあのデータを手に入れたルートも、徹底的に洗い出さなきゃな」とつづけた。

「ルートもなにもないですよ」

中川が言う。

「どういうことだ？」と小松原が聞き返す。

「僕ですよ、僕が持っていたデータですよ、あのひとたちが使ったのは」

「……なに言ってんだ」

小松原の、うわずった笑い声。

「あなたがデータを流す意味がどこにあるんですか、自分で自分の首を絞めるようなものじゃないですか」

鎌田の声も、うわずっていた。

「僕ですよ、嘘じゃないです。僕がUSBメモリーに残しておいたんです。あのひとたちがそれを見つけて、なんていうか、いいカッコしたかったんでしょうねえ……でも、よく見つけたなあ、もっとトロいと思ってたんだけどなあ」

「ちょっと待て、おい、中川……おまえ、自分のやったことがわかってるのか……」

「でも、マスコミに流したのは僕じゃありませんから」

「おまえが残しておいたから、あいつらが流したんじゃないか」

「契約に、データも破棄せよとはありませんでしたから。それに、こっちだってリスク・ヘッジは考えますよ。あんたたちが約束を破ることだってありうるわけですからね」

「きさま……」

画面には、ひな壇から駆け下りて記者のマイクを奪おうとする小松原と、それをさえぎる報道陣の姿が映し出されていた。

カメラは、ひな壇に座ったままの鎌田の顔もとらえた。

無表情だった。腕組みをして、目をつぶっていた。それは、自らが築きあげた帝国の崩壊を目の当たりにした独裁者の、最後の威厳だった。


夕方のニュースを、裕介は我が家のリビングで観た。

「どうなっちゃうの？　会社」

麻美が心配顔で訊いてきた。

「しばらくはキツいけど、だいじょうぶさ、立ち直れるよ」

裕介はそう言って、ビールを一口啜った。

この調子なら、マスコミは鎌田の独裁体制を一斉に書き立てるだろう。そのほうがいい。被害者を気取るつもりはないにしても、鎌田一派を排除した新体制の出直しが強調されるだろう。

画面はスタジオに戻り、キャスターがイノ部屋について説明した。

「『イノベーション・ルーム』と名前はそれなりのものがついていますが、その実態はどうもリストラ部屋らしいですね」

麻美は「やだ、ひどいわねえ」と唇をとがらせる。「あなたのまわりにもイノ部屋に入れられたひと、いたの？」

裕介は黙ってビールを啜る。

鎌田体制の終焉《しゅうえん》とともに、イノ部屋も廃止になるはずだ。江崎の話では、鎌田から出された懲戒解雇通知も無効になるはずだ、ということだった。

「たとえクビのままでも、俺らは会社を救ったヒーローだぜ、復職できないはずないって」と羽村も笑っていた。

べつに無理に麻美に話す必要はない。なにも言わなければ、すべてはこのまま終わる。

それでも――。

俺、まだ一度も飛んでないんだよなあ、と思う。このままなら、もう飛ぶことのないまま一生が終わるのかもしれないなあ、という気もする。

無理して飛ばなくたっていいじゃないか――胸の奥から、声が聞こえる。

でもなあ。

そうは言ってもなあ……。

ニワトリだって、もともとは飛べるんだからなあ……。

「なにかおつまみ、つくろうか?」

席を立ってキッチンに向かいかけた麻美を、呼び止めた。

「ちょっと、今夜、テレビは録画にしてくれ」

「え？」

「子どもが寝たあと、話したいことがあるんだ」

長い話になると思うから――と付け加えた。


〈ライオンさん、お疲れさまでした。

長い一日がもうすぐ終わります。といっても、酒井さんがこのメールを読むのは明日の朝なんですね。

よく眠れましたか？

美味しいお酒を飲みましたか？

父は、ふだんはビール一口で顔が真っ赤になるくせに、ひさしぶりに日本酒をオチョコに二、三杯も飲んでしまって、いま、大の字になっていびきをかいています。

気持ちよかったんだと思います。

若い頃を思いだしたのかもしれません。

お酒を飲みはじめて、最初のうちは「中川くんは俺の若い頃に似てるところがあるんだよなあ」と言っていたのに、途中から「羽村くんの熱いところ、よくわかるよ、俺も似てるから」となって、最後は「酒井くんもなあ、あいつは俺と同じなんだよなあ」だって。

でも、娘のわたしから見て、父といちばん似ているのは、中川さんだと思います。性格とかではなくて、背負っている事情が似ているというか、状況が同じだというか。我が家の弟のことは、父が話したと思います。酒井さんが、ほんの一瞬だけ（笑）、勇気のあるライオンさんになったとき、わたしと一緒に電車に乗っていた、あの弟です。

弟は生まれつき腎臓の具合が悪かったので、ほんとうに我が家は病院との縁が切れませんでした。かつては革命を夢見ていた（ほんとかどうか、わたしの生まれる前なので、よくわかりませんが）父は、弟の治療のために、どこにでもいる、というより、平均以下の冴えないサラリーマン生活をつづけてきました。

うまく言えないし、勝手に想像して決めつけると、あとで父に叱られてしまうかもしれませんが、父は闘うことを「家族」のためにあきらめていたんだと思います。だから、中川さんの話を知ったとき、中川さんに闘わせてあげたかったんだと思うんです。「家族」のために闘ってほしかった、というか。

わたしたちは闘いに勝った――と言っちゃって、いいですよね？

でも、中川さんにとっては、よけいなお世話だったのかも、という気は、いまもしています。

もっと言っちゃえば、ありがた迷惑なことだったのかもしれない。

あのまま放っておけば、少なくとも、中川さんはお金を受け取ることはできたはずなのだから……。

でも、父は「お金よりも意地だ」と言っていました。娘さんの治療費を犯行の動機にされるのを、中川さんはあれほど嫌がっていたのだから、わたしたちがやったことは間違っていないはずだ、と。

正直に言うと、わたしにはよくわかりません。酒井さんはどう思いますか？　わたしたちは正しかったのか、間違っていたのか……。

中川さんはたぶん不起訴になるんじゃないか、と父は言っています。たとえ不当景品類及び不当表示法違反や、不正競争防止法違反（原産地・品質偽装表示）になって懲役一年ほどを求刑されたとしても、確実に執行猶予はつくはずだから、と。

しばらくは事情聴取などで忙しいと思いますが、少し時間がたって状況が落ち着いたら、またみんなで会いたいですね。

酒井さん、お疲れさまでした。

ほんとうに。ライオンとかカカシとか木こりとか、いろいろ呼んじゃったけど、みんな、ニワトリだったんですよね。ニワトリだって、飛ぶことはできる。たとえ一度だけでも。おじいちゃんの話していたことは、ほんとうだったんだと、いま、心から思います。おやすみなさい〉

翌朝、始業時間になっても、イノ部屋にいるのは裕介一人だった。江崎も、羽村も、もちろん中川も、いない。

『ニワトリ』メールを読み終えた裕介は、さあ行くか、と席を立った。もう戻ることはないだろうイノ部屋を出て、エレベータに乗って、人事部のフロアのボタンを押した。

途中で乗り込んできた営業部の若手が、にこやかな顔で会釈をしてきた。昨日の一発逆転劇の顚末《てんまつ》は、すでに社内に知れ渡っているようだ。

人事部長は会社を休んでいた。無理もない。ボスが失脚したあとも腰巾着がのうのうと生き延びられるほど、この世界は甘くない。

「おう、酒井くん、どうした？」

逆に、張り切った声をかけてくるのは、鎌田体制の間は冷や飯を食わされていた星《ほし》野《の》課長だった。

「営業に戻る辞令、待ちきれずに取りに来たのか？」

「……いえ。ちょっと、副部長に用があって」

「副部長って、ウチのか？」

小さくうなずいて、副部長の席に向かった。

鎌田一派とはつかず離れずの距離をとっていた副部長は、探るような目で裕介と向き合った。会釈をしただけで、「なんだ？」と警戒心を剝《む》き出しにする。

新しいボスが決まるまで、会社の中は静かな混乱がつづくだろう。派閥の相関図は複雑になり、「帰りに一杯やらないか」の上司の一言がオフィスにさざ波を立てるようになるだろう。そして、イノ部屋は、名前や形をあらためながら、また生まれるだろう。

「これを受け取ってもらえますか」

背広の内ポケットに手を差し入れると、副部長は驚いた顔で「ちょっと待て」と言って、机の引き出しを開けた。

中には、封筒が二通——羽村と江崎の退職願だった。

「……酒井くんも、そうなのか?」

裕介は呆然として、しかし、こっくりとうなずいた。

エピローグ

「この際だから、はっきり言うけどな……」

ホームに降り立った羽村は、憮然とした顔で裕介に言った。

「俺、マジに忙しいんだよ。切り札だぜ、切り札。期待されてるんだから、もう、ほんと」

わかってるって、と裕介は苦笑する。そんなに嫌なんだったら、わざわざ奈良まで付き合うなよ――心の中でつぶやいた。

「お二人とも畑違いの仕事ですけど、やっぱり大変ですか?」

改札で二人を待っていた江崎が訊いた。

「ええ、まあ、ぼちぼちやってます」と裕介が先に答えると、羽村は「ジャンルが違っても、根っこは同じだよ。できる奴はできる、ダメな奴はダメ」と、あいかわらずいばった態度でつづけた。

「江崎さんのほうはどうなんですか？　小説、進んでますか？」

「いやあ、なかなかねえ、思ってたより難しいですよ。二十四時間丸々つかえるようになると、かえって集中力が薄れちゃうっていうのかな、難航してますよ」

だが、横から洋子が、いたずらっぽくウインクして教えてくれた。

「ゆうべ、最初の作品が仕上がったんです。どこかの新人賞に応募するんだって張り切ってて……わたしにも読ませてくれないんですよ」

週刊誌やワイドショーが『三杉産業の乱』と呼んだ騒動から、ちょうど半年——江崎、羽村、裕介が会社を辞めてからも半年が過ぎた。

〈前略　新しい生活にも慣れた頃と思います〉という書き出しの手紙を裕介が受け取ったのは、一週間前のことだった。差出人は洋子。メールを送りつけられていた頃には想像を巡らせる由もなかったが、洋子の書く文字は、年相応に右肩が下がって変な具合にねじくれた——ペンの持ち方が悪いのだろうか、ビジネスには不向きな文字だった。

〈今度の週末、日帰りで（父は、できれば一泊してゆっくりお酒でも……と言ってま

すが）奈良へ行きませんか？〉

行き先は、石上神宮。

〈中川さんも晴れて執行猶予がついたことだし、お礼参りをしたい、と父が言っています。確かに、石上神宮のお守りがなければ、わたしたちはいま、どうなっていたかわからないのですから〉

ほんとだよなあ、と手紙を読みながら何度もうなずいた。

結局は、あのお守りが運命を変えてしまったことになる。助けてもらった——かどうかは、いまはまだ言いきれないかもしれないが。

手紙を読み終えて、便箋を封筒にしまった。封筒の宛名の欄には、洋子が書いた古い住所と、郵便局のひとが赤いボールペンで走り書きした新しい住所とが並んでいた。業者に工事を急がせて建てた二世帯住宅に引っ越しをしてひと月余り、これが最初に届いた裕介宛ての手紙だった。

駅を出てまっすぐタクシー乗り場に向かおうとする羽村を、江崎が「歩きましょうよ」と呼び止めた。

「なんだよ、駅前ってわけじゃないんだろ」

羽村は不服そうに言って、「俺さ、マジに忙しいんだよ。今日も夜に一本、会食入れちゃってるんだから」とつづけた。「切り札なんだから、とにかく期待に応えなきゃまずいのよ、ほんと」

まあまあ、と江崎はなだめて、駅前のアーケードに顎をしゃくった。

「あのアーケードを抜けて行くんです。しばらく歩くと、桜並木があるんです。まだ満開というわけにはいきませんが、きれいなんですよ」

「……おっさん、なに一人で花鳥風月やってるんだよ。しょうがねえなあ、歳とると」

ぶつくさ言いながらも、江崎に従って、アーケードに向かって歩きだす。東京から京都へ向かう新幹線の車中でも、京都から乗り換えて、ここ――天理駅までJRの在来線に揺られている間も、とにかく文句ばかり言って、それでも途中で引き返したりはしない。徹底した実力主義、実績主義で知られる外資系生保会社にヘッドハンティングされてからも、クールになりきれないところは、あいかわらず、だった。

歩きながら、洋子が裕介の隣に来て、「酒井さん、いまはどんなお仕事をしてるんですか?」と訊いた。

裕介は息を少し大きく吸い込んで、「求職中なんだ」と言った。言葉は、新幹線の中で羽村から同じことを訊かれたときよりも、すんなりと出た。

「……そうなんですか」

「横浜に引っ越したから、ちょっと交通も不便で、通勤できる範囲も限られてるんだ」

羽村からは「言い訳するなよ、実力がないってことだろ、要するに」とそっけなく言われたが、洋子はちょっと沈んだ様子で「そうですか」とうなずいた。

新幹線の中で、羽村にはこんなふうにも言われたのだ。「なんで酒井が会社辞めちゃうんだよ、俺と違って人脈もなにもないんだから、おまえはあのまま残ってりゃよかったんだよ」――それは確かにそうだ。

妻の母親の介護のために家を引き払い、二世帯住宅を建て、会社を辞めたんだと知ると、羽村はどんな顔になって、どんなことを言っただろう。「バカじゃねえのか？」とあきれるか、「仕事ってものをナメてないか？」と気色ばむか……。

それでも、裕介は顔を上げ、洋子にハハッと笑いかけた。

「再就職は大変だけど……なんとかなるさ。がんばるよ」

麻美にも同じことを言った。息子たちにも「再就職は大変だけど」の部分を端折《はしょ》って、言った。

会社を辞めるにあたって、麻美にはさんざん泣かれた。会社を辞めることそのものよりも、裕介がそれを一人で、なんの相談もなく決めたことを怒り、悲しんでいた。イノ部屋のことだって同じだ。「夫婦って、そんなによそよそしいものなの？」と涙ながらに言われると、返す言葉がなかった。

だが、横浜に引っ越すつもりなんだと裕介が伝えると、麻美の泣き顔は微妙に変化した。怒りつづけていいのか、悲しみつづけるべきなのか、喜んでいいのか、感謝したほうがいいのか、詫びるのが先なのか、さまざまな感情の溶け込んだ顔に、ただ涙が伝い落ちる。

ありがとう──とは言ってもらえなかった。

ごめんなさい、ウチの両親のせいで──という一言もなかった。

かまわない。そんな言葉をぶつけられたら、こっちだってかえって困ってしまうし、どうしていいかわからずに泣きつづける麻美のくしゃくしゃになった顔は、なんというか、いや、その……つまり、とても美しく見えたのだった。

横浜の義父も、裕介が決断を伝えたときには、なにも言わなかった。仕事一筋に生きてきた義父には、裕介の選んだ道は、理解はできても納得できないのかもしれない。感謝はしても、共感はできないのかもしれない。裕介本人も、自分の選択が正しいのかどうか、まったく自信はなかった。その答えは、いまから少しずつ見えてくるのだろう。

「仕事より家庭を大事にしろって、よく言うだろ。酒井なんか、いかにもそういうタイプだよな。でも、そんなの、人聞きはいいけど、俺は仕事から逃げてるってことだと思うけどなあ」

　新幹線の中で羽村に言われた言葉は、いまも耳の奥に残っている。うまい反論の言葉が見つからなかった沈黙の苦さも、一緒に。だが、その苦さを忘れずにいるかぎり、自分はがんばれるんじゃないか、という気もする。

「仕事と家庭のどっちが大事かを考えるには、一度、家庭を選んでみなくちゃわかんないだろ」——いまになって浮かんだその言葉を、いつか羽村に言ってみよう。そのときに再就職が決まっていたなら、とてもうれしい。

「石上神宮は、日本で最古の神社だって言われてるんですよ。崇神《すじん》天皇の頃……三世紀の後半にできたらしいんで、もう千七百年になるわけですよね、歴史が。柿本人麻呂も和歌に詠んでるんです。えーとねえ、覚えてきたんですよ、『石上　布留《ふる》の神杉《かむすぎ》神《かむ》さびし　恋をもわれはさらにするかも』だったかな……」

五分咲きの桜並木の下を歩きながら、江崎が観光ガイドのように石上神宮について説明する。

このあたりは、いわゆる大和路――山辺《やまのべ》の道の北側の起点にあたっているのだという。花見がてらのハイキングをしているひとたちも多い。

「でも、そんな由緒のある神社に、ほんとにニワトリなんかいるのかよ」

「だいじょうぶですよ、いますって、境内を走りまわってますよ」

「飛ぶんですか?」

「ええ、飛びます。境内の木の枝に向かって、バサバサッとね」

ただし、それをいちばん確実に見られるのは日没前後だという。

「猫や野良犬から逃げるためなんだと思うんですよ、飛べるようになったのは。だから、陽が暮れて、少し暗くなってから、なんです」

「なんだよ、それ」羽村が唇をとがらせた。「まだ二時過ぎだぞ」

羽村は会食のアポイントメントを夜八時に取っていた。天理から京都までは約一時間半。京都から東京までが約二時間半。石上神宮には、どんなに粘っても四時頃までしかいられない。

「だから一泊しましょうって言ったんですよ。一泊する気になったら、ゆっくりできるんですから」

「なに言ってんだよ、たかがニワトリのために一泊するほど暇じゃねえんだよ、こっちは。リタイア組や失業組と一緒にするなっての」

洋子が、「だいじょうぶですよ」と声をかける。「飛ぶんだと信じてれば、絶対に飛んでくれますよ、ニワトリは」

「……わけわかんねえこと言ってんじゃねえよ」

「信じなきゃ始まらないんです、すべては」

きっぱりと言う。

洋子は会社に残った。かつて鎌田の腹心だった裏切り者——鎌田派の残党からも、反鎌田派からも風当たりは強いはずだが、会社がこれからどうなっていくかを見届けたいのだという。

鎌田が去った会社では、常務派と総務本部長派が水面下で激しい主導権争いを繰り広げているらしい。とりあえず常務が新社長におさまったあとも、怪文書が飛び交ったり、大株主へひそかな接触を図ったり、という攻防がつづいている。報復人事で会社の中枢からはずされた鎌田派の残党も、銀行筋を通じてクーデターの機会を虎視《こし》眈々《たんたん》と狙っている……。

頭上の桜の花をぼんやり眺めながら、裕介は、いまはもう連絡の途絶えた何人かの同僚の顔を思い浮かべた。みんな大変だよなあ、でもお互いがんばらなきゃなあ……と声をかけてやりたかった。

みんな、なにを信じてる——?

俺たち、なにを信じてがんばっていけばいい——?

そんなふうにも訊いてみたい、と思う。

坂になった参道を進むと、木造の鳥居が見えてきた。

「だいいち、中川はなにやってんだ、あのバカ」

羽村はとにかく文句を言わなければ足を進められない男なのだ。

「だから、さっきも言ったじゃないですか、先に来て待ってますよ」

「そんなの、なんの保証もないじゃないかよ。なーにが『一人旅が好きなんです、団体行動は嫌いです』だよ、バーカ。ほんとにあいつ、パクられても、性格のひねくれたところはなーんにも変わってねえんだもんなあ……」

おまえだって性格変わってないじゃないか——と言ってやりたいのをこらえて、裕介は江崎に目配せした。江崎も含み笑いでうなずく。

中川は会社を懲戒解雇され、鎌田から振り込まれた金も返金した。結果的には、裕介たちがよけいなことをしたせいで、中川は大きな迷惑を被ったことになる。

再就職先が決まったのかどうか、娘の美月の病状はどうなのか、治療費の目処はついたのか……中川はなにも連絡して来ないし、たとえこっちが訊いても教えてはくれないだろうし、おせっかいめいたことをしようとすると、また依怙地になってしまいかねない。

だが、洋子が「石上神宮に行きませんか」と誘ったら、「行く」と応えた。それが——たぶん、裕介たちの訊きたいことのすべての答えになっているはずだった。

鳥居をくぐる。境内に出る。

ニワトリが二、三羽、いた。

行き交うひとたちに動じるふうもなく、好き勝手に境内を歩きまわり、地面をついばんでいる。

そして——。

「ねえ、お父さん、あそこ……」

洋子が言った。

まなざしの先に、中川がいた。

一人ではない。隣には奥さんがいて、そして、中川と手をつないで、美月もいた。

中川は裕介たちに気づくと、ちょっと怒ったようにそっぽを向いた。

「てめえ、バーカ、なにやってたんだよ、連絡もよこさねえで！」

羽村が一声怒鳴って、駆けだした。

「バーカ、てめえ、ほんとによお、ほんとによお！」

背中をはずませて駆けていく。

やれやれ、と裕介は江崎と顔を見合わせ、ゆっくりと歩きだす。

「あ、羽村さんに言うの忘れてました。美月ちゃん、一時退院できるようになったんですよ」

洋子がぺろりと舌を出して、笑う。

「……俺も聞いてなかったよ」

裕介が言うと、「二人まとめてびっくりさせたかったんですけどね、やっぱり羽村さんがいると、あのひとに場をさらわれちゃいますね」と、うれしそうに言った。

まあ、そういう負け方なら、悪くないよな、と裕介も思う。

羽村は走りながらバッグを胸に抱いて、蓋を開け、ピンクのリボンのかかった小箱を取り出した。

「おい、てめえ、馬鹿野郎、お見舞い預けようと思ってよお、持ってきてやったんだけどよお、手間が省けたじゃねえかよ！」

これだよ、これ、と小箱を持った手を大きく振ったとき――けつまずいて、転んだ。そばにいたニワトリも、さすがに驚いた。いくら人間に慣れているといっても、神社の境内で大声を張り上げて走って転ぶおとなは、そうざらにいるものではない。

ニワトリが飛び立った。

翼を大きくはためかせ、胸を張って、木の梢《こずえ》までのささやかな大空を、飛んだ。

＊引用は『オズの魔法使い』（L・F・ボーム作　夏目道子訳　金の星社刊）より。

ニワトリは一度《いちど》だけ飛《と》べる
朝日文庫

2019年3月30日　第1刷発行

著　者　重松《しげまつ》　清《きよし》

発行者　須田　剛
発行所　朝日新聞出版
〒104-8011　東京都中央区築地5-3-2
電話　03-5541-8832（編集）
03-5540-7793（販売）
印刷製本　大日本印刷株式会社

Published in Japan by Asahi Shimbun Publications Inc.
定価はカバーに表示してあります

ISBN978-4-02-264920-1
落丁·乱丁の場合は弊社業務部（電話03-5540-7800）へご連絡ください。
送料弊社負担にてお取り替えいたします。

小川　洋子
ことり
《芸術選奨文部科学大臣賞受賞作》

人間の言葉は話せないが小鳥のさえずりを理解する兄と、兄の言葉を唯一わかる弟。慎み深い兄弟の一生を描く、著者の会心作。《解説・小野正嗣》

荻原　浩
愛しの座敷わらし（上）（下）

家族が一番の宝もの。バラバラだった一家が座敷わらしとの出会いを機に、その絆を取り戻していく、心温まる希望と再生の物語。《解説・水谷　豊》

恩田　陸
ネクロポリス（上）（下）

懐かしい故人と再会できる聖地「アナザー・ヒル」に紛れ込んだジュンは連続殺人事件に巻き込まれ、犯人探しをすることに。《解説・萩尾望都》

恩田　陸
EPITAPH東京

刻々と変貌する《東京》を舞台にした戯曲を書きあぐねている筆者Kは、吸血鬼と名乗る男・吉屋と出会う。スピンオフ小説「悪い春」を特別収録。

恩田　陸／序詞・杉本　秀太郎
六月の夜と昼のあわいに

著者を形づくった様々な作品へのオマージュが秘められた作品集。詞と絵にみちびかれ、紡がれる一〇編の小宇宙。

重松　清
エイジ
《山本周五郎賞受賞作》

連続通り魔は同級生だった。事件を機に友情、家族、淡い恋、そして「キレる」感情の狭間で揺れるエイジ一四歳、中学二年生。《解説・斎藤美奈子》